人性的深渊

吴谢宇案

凝视黑暗
而不被黑暗带走

吴琪 王珊 著

生活·讀書·新知 三联书店 生活书店出版有限公司

Copyright © 2025 by Life Bookstore Publishing Co., Ltd.
All Rights Reserved.

本作品版权由生活书店出版有限公司所有。
未经许可，不得翻印。

图书在版编目（CIP）数据

人性的深渊：吴谢宇案 / 吴琪，王珊著 . -- 北京：生活书店出版有限公司，2025.5（2025.6 重印）

ISBN 978-7-80768-447-3

Ⅰ . I253

中国国家版本馆 CIP 数据核字第 2025EW0030 号

责任编辑	何剑楠
特邀编辑	程丽仙
装帧设计	赵　欣
责任印制	孙　明
出版发行	**生活書店**出版有限公司
	（北京市东城区美术馆东街22号）
邮　　编	100010
经　　销	新华书店
印　　刷	天津睿和印艺科技有限公司
版　　次	2025年5月北京第1版
	2025年6月北京第2次印刷
开　　本	850毫米×1092毫米　1/32　印张10
印　　数	10,001-30,000 册
字　　数	180千字　图15幅
定　　价	67.00元

（印装查询：010-64052066；邮购查询：010-84010542）

吴谢宇父亲吴志坚的老家，福建仙游度尾镇潭边村（摄于2022年）

潭边村吴家老宅（摄于2019年）

仙游老县城（摄于2022年）

吴谢宇出事后，谢天琴家的仙游县城老宅一直处于停工状态（摄于2022年）

吴谢宇母亲谢天琴家的老宅在仙游县城一条街巷内(摄于2022年)

连接吴谢宇家到他的小学之间的桂山路，这段一公里左右的路程需要穿过一座地下铁路桥（摄于2022年）

福州教育学院第二附属中学家属院，一楼被布遮得很严实的阳台后面，就是案发地（摄于2022年）

福州教育学院第二附属中学家属院外（摄于2019年）

重庆市江北区的某夜店现场,吴谢宇被抓前曾在这里供职(摄于2019年)

在到爸爸去世那天晚上，我看到你握着爸爸的手和他说话 史威加，我意识到你在该与我爸的关系不一般，而后来听妈妈说你是我爸最好的同事。爸爸走后你有任何时要找，要任何帮忙尽管未找我，还有说，要不一起出去明年清明，我心里很想去，但我又太依赖妈妈，很怕一个人出门，我看妈妈天致缺缺不想去，于是我也决定了。上了大学，我越加迷茫，大脑中思想观念，越加畸形扭曲，心理世界越加扭曲看苦，但已自禁封闭彻底与世隔绝的我，根本没办法向任何人倾诉，连对妈妈我都没说过哪怕一句心里话。大学里我就硬庄济学吧，学任济学，推理高贴近现实生活，直视现实问题，可我却整日只学抽象的数学模型，离现实世界越来越远，我脑理就像一团糊糊越加混乱。比如说经济学里有个结论"会计利润为正，经济利润为0"，我大脑就觉得"无论做什么工作都一样，无意义，一样的没意思"，诸如此类从抽象理论中瞎推导出的荒谬念头在我心中比比皆

们坚定我错，我想要说出我心中的无尽愧疚敌意，我想要说对不起也给你们听吧，我想要让你们听到我的心声——"对不起，我真的对不起你们，我真的错怪你们啊！"可那天我更是没有一丝的勇气了，我只觉得"和我犯下的滔天罪行相比，和我对你们的无尽伤害相比，无论我说什么都只会显得无比苍白无力空洞虚伪"，哎，我这个做出这一切的人说的话还有谁会相信？你们不会相信我的没有人会相信我的，我说什么都没有用了……"，在这般最绝望痛苦羞愧无力念头的笼罩下，我说话颠三倒四，语无伦次，却最终也没能说出口，我最想说的话，这么些年我心中挣扎了无数遍最想对你们说的话我却一句都没有说出口啊……

吴谢宇写给父亲朋友的信（部分）

2019年吴谢宇被捕时,他患有阿尔兹海默症的继爷爷还健在。2022年,爷爷已经去世(摄于2022年)

摄影:张雷

记者历时七年
持续追踪、采访、调查
努力拼出生活本来的形状
探究悲剧可能开始的地方

目录

写在前面的话　*i*

第一章　妈妈的消失　*1*

第二章　两个家族　*23*

第三章　疾病和封闭　*47*

第四章　父亲去世与成为"宇神"　*67*

第五章　初到北大　*87*

第六章　大学的小社会　*109*

第七章　踩空　*131*

第八章　弑母　*153*

第九章　秘密　*171*

第十章　后来　*187*

记者手记

    我们都不是社会的"陌生人"/ 吴琪   *213*

    活成孤岛的"我们"/ 王珊   *235*

附录

    时间线   *245*

    困在二手时间里的"宇神"/ 刘云杉   *248*

    吴谢宇案与当代中国家庭的纠结 / 肖瑛   *260*

    在关系中,理解时代与人性 / 李鸿谷   *275*

写在前面的话

逃亡与真实生活

2015年夏天，21岁的吴谢宇[1]开始了逃亡生涯。到2019年4月被公安机关抓获，他逃亡了将近四年。

说起这四年的经历，吴谢宇把它描述得像参加了一场漫长的夏令营："我第一次自己考虑去哪里，学会比较路线和路费。我第一次自己挑衣服、套被套、洗衣服、搞卫生。我第一次自己租房子，学会和房东谈价格。我第一次自己做饭，学会怎么买菜、切肉、炒鸡蛋、洗碗。"

在做出杀害母亲的残忍行为之后，他从2015年7月到

---

1 本书所涉人名，除吴谢宇及其父母的名字外，皆为化名。

12月，找亲戚和爸爸的朋友们，一共骗取了144万元，说他要去美国做交换生，带着妈妈一起到美国生活。但事实上，他和性工作者刘梦在上海同居，其间还花钱找过其他性工作者。他在上海花费了58万元买彩票，又在福州花了3万元买彩票。2016年3月1日，吴谢宇账户里只剩下910.44元，144万元被他挥霍一空。从2016年2月与刘梦分手后，他一路逃亡到了山西、陕西、四川、云南、广西、广东、湖南等地，后来在重庆生活时间比较长，一直到2019年4月在重庆被捕。

吴谢宇想体验的是他之前没有体验过的生活。在被捕后的自述材料里，吴谢宇说他"每天都活在一个自我封闭的小小世界里：爸爸妈妈为我提供了一个安全、温暖的家，我窝在里面，不愿也不敢走出来"，而"逃亡中我无法再自我封闭，只能投身真实生活"。

在这种"真实生活"里，似乎性交易、挥霍金钱与学会洗碗、炒鸡蛋是同一等级的事情。吴谢宇描述自己21岁之前的生活："对我而言，我的人生就是从一个年级到一个更高的年级，从一个学校到一个更高的学校，从一本课本到下一本课本，从一场考试到下一场考试。"当他觉得自己失去束缚后，真实的生活与他之前通过小说、影视作品所想象的很不一样。在2021年4月写给合议庭的自述里，吴谢宇说，"我过去所以为的'这个世界'，其实只不过是课本里、小说里、影视里对这个世界的描绘。说直白点，我以为我看过'这个世界',其实我只不过看过了'世界地图',看过了其他人走过看过这世界后写的'游记'而已"。

他说他终于"真正去经历爸爸妈妈曾经经历过的所有喜怒哀乐",哪怕逃亡生活只是真实生活中的沧海一粟,那也已经"无穷尽的丰富、无穷尽的复杂、无穷尽的未知、无穷尽的精彩"。他甚至天真地说,他感受到"心中头一遭,有了热情、生机与活力……原来生活这么有趣、这么有意思"。但伴随着比过去任何时候都更可怕、更深刻的痛苦,他想:"要是我能让我妈妈也一起,感受到我心中这全新的一切,该多好啊!"

如果他需要的只是离开父母的生活,实际上从15岁在福州一中住宿开始,吴谢宇在很大程度上就可以安排自己的生活,特别是18岁考上北大,大学离家乡几千公里。如果是一个健康的18岁青年,这正是打开自己、融入同龄人的大好时光,一群天南海北的年轻人聚到一起,互相碰撞。一个人很多时候正是通过与他人碰撞后回弹的力,进而发现"我何以为我"。但吴谢宇的眼里看不到"人",只要大家做同一份卷子,学同一套教材,同学就是竞争者,而不是情感上的滋养者。

从吴谢宇在看守所写的大量自述材料来看,他的分裂显而易见:在掌握知识、考高分方面,虽然学得很苦,但是他能让自己像一台精准的机器一样,获得好的产出;可是在情感、价值观、辨识能力方面,他处在一种令人吃惊的蒙昧状态，比如相信"书上写的、电视上播的，就是真的，就是对的，否则怎么会让它们出现在我的面前呢"。他还列出自己从小到大的好成绩、竞赛名次、"省三好学生"的荣誉，向合议庭证明自己有"赎罪的能力"。他表现出的高智商和低情商，给一审律师冯颖也留下深刻印象。

为什么要杀害妈妈呢？如果他渴望的只是有女朋友，只是自己做饭、洗衣服、套被套的生活，他完全不用做出如此极端的行为。吴谢宇自己很难解释清楚，他对这件事情的解释分为不同的阶段。从2019年被捕到2021年8月一审被判死刑后，他都极力维护妈妈，说妈妈是世界上最好的妈妈，很辛苦，很完美。他在2021年10月写给舅舅的信里说："我对妈妈，是爱，不是恨或世人可能会猜测的其他任何负面情感。我太爱太爱我妈妈了，可，我从小就不知道怎么在现实生活中去好好爱一个人。"一审律师曾建议他做精神鉴定，吴谢宇拒绝了。从辩护的角度来说，诉说妈妈谢天琴的问题对他是有利的，但他也坚决拒绝，"我妈妈是决不能被怪罪的，一丁点都绝不行的！"

在对妈妈这种绝对服从的爱里面，他自己并没有意识到，极端的爱就像一把利剑，稍微偏转一点，就是巨大的恨。

一直到2023年5月19日二审开庭，吴谢宇提到"我母亲性格确实不太好"，这是他极为罕见地表达不认同妈妈。

在此之前，他在看守所写了一百多页的自述材料，反复回想自己的人生，对妈妈都是极尽赞美和认同。

封闭的三口之家

1994年出生的吴谢宇，被父母寄予了对经济高速发展下出生的一代人的期望。妈妈谢天琴和爸爸吴志坚都是1967年出生的人，20世纪80年代考上大学，开始了一路向上的人生。他们的童年各自有着深刻的不幸，在福州组建家庭，有了孩子，他们希望孩子不要再重蹈他们的人生覆辙，只用一心一意念好书。读书改变命运，这是他们人生获得重大转变的现实，也是他们对孩子的最大信念。

敏感而聪明的吴谢宇，在踏出最后那一步之前，看起来都在本能地满足着父母殷切的期望。用他的话说，他很快摸清了自己的生存法则：只要考第一，就万事大吉了。父母都是莆田仙游人，在家说方言，他听不懂。他想学，但父母说，大人的事孩子别管，还是学好普通话。

吴谢宇不用做学习之外的任何事情，也几乎没有同龄人朋友。大姑小姨的孩子是他每次回老家时的玩伴，但这些孩子成绩不好，吴谢宇和他们后来明显疏远了。住谢家楼上、与谢天琴亲近的马老师提到，谢天琴不让小宇和他们一起玩。吴谢宇在2021年10月给大姑的信里也提到，小时候他还追着表哥到处跑，后来即使回老家，也是关起门来读书，与他们完全不谈心。

谢天琴是个无微不至的妈妈，她对外人冷淡，但是对丈夫、孩子的情感浓度特别高。马老师对谢天琴的评价是，莆田女人非常传统，必须听老公、听儿子的。虽然谢天琴在工作之初表达过想长期单身的愿望，但与吴志坚相爱后，她觉得自己在情感上的价值是做一个传统的贤妻良母。

由于出生在"右派"家庭，父亲又因为批斗而戳瞎眼睛，谢天琴内心非常没有安全感。在和吴志坚感情生活的早期，她会因为出差的吴志坚电话不够多、写信不勤奋而数次表示伤心、活不下去。"志坚，你好残忍，说好来电话的，我等了一天都不来，要将泪水为你流干，现在我心中悲痛异常，思来想去，你的变化为何如此巨大……上帝，我该何去何从，现在一下子又坠入万丈深渊了。"

谢天琴急切地盼望着新生命，"我非常迫切地想给你一个礼物——孩子"。吴谢宇带着期盼来到人世，他不用忍受父母小时候的物质匮乏，一家三口的小家庭也没有多少人际交往，父母为他排除了学习之外的一切"干扰"。

从小到大的第一名，给了吴谢宇极大的自信，他成为所有人眼中"别人家的孩子"。吴谢宇非常享受这种待遇，他说自己就好似"舞台上的主角、小说里的主人公"，即使偶尔违反纪律，老师们对他也是疼爱有加，所以他一直把自己区别于"普通人"。在他被捕后的自述里,他说他认为校规校纪只是约束"普通学生"的,而法律是"学校外边的事情,自己不用考虑"。他觉得自己学习上这么有天赋,看问题比别人深,所以总能看到普通人看不到的"根本问题、本质问题"。

他几乎不跟任何人交流内心想法,即使对爸爸妈妈。在被逮捕后的自述书和写给亲友的信件中,他把他亲手杀害的妈妈谢天琴描述成一个具备一切女性美德的人:每天起早贪黑,既要照顾爸爸这只"大病猫",也要为从小体弱的他这只"小病猫"操心,妈妈会因为照顾他们"饿得前胸贴后背",把自己弄得很累,"她总是把自己压到最低、放到最后,全是为了别人"。

而谢天琴同时是固执的,她在写给吴志坚的信里,表达了她的矛盾之处。一方面她觉得自己需要依靠,希望被人安排、听人指挥;另一方面她也知道,即使一些事情她问过吴志坚的意见,最后也都是按自己的想法来。

吴志坚的公司离家远,他早出晚归,喜欢和朋友相处,还要为在农村的一大家子操心。对于谢天琴表达的高强度情感需求,他选择了回避。儿子的出生,更给了吴志坚情感上的回避机会。儿子成了谢天琴最大的寄托。这看上去是一个非常典型的中国式家庭:妈妈贤惠而深情,无微不至,但也忍不住常常抱怨;爸爸显得温和而退让,却始终在回避冲突,回避真正参与家庭生活。孩子与妈妈，妈妈与孩子，越绑越紧。吴谢宇说自己从小就极为在意别人的看法，总是觉得自己的一言一行都被别人盯着。

吴谢宇特别强调，他从小就非常黏妈妈，他把自己从小到大活着的唯一价值描述成——让妈妈开心、让妈妈为自己骄傲。

谢天琴童年不幸，她靠高考、结婚、生子，一步步走向看上去幸福的人生。但是丈夫吴志坚的肝病越来越重，丈夫43岁早逝后，谢天琴内心深处认为自己命不好的隐痛再次被狠狠刺激。

丈夫死后的一两年里，她非常频繁地给已经去了另一个世界的吴志坚写信："（我）是失败的，抓不住爱情，眼睁睁地看着你离开，无能为力。做人，我也是失败的，知音何在？朋友在哪？可怜的几个电话都是有关工作的，四十好几的人了，仍是中级职称，无法见人。""志坚，我也知道我心理不太正常，需要看心理医生，但我知道这些病症的成因在于你的离去。没有你的支持，我真的无法正常做事。"

吴谢宇这时16岁，看到了妈妈的痛苦。他说，那时候他觉得他和妈妈的位置该换过来了，由他来照顾妈妈。但实际上，生活中的事情仍然是事无巨细地由妈妈操心，他在回忆性的自述里说，他每次出门都跟在妈妈身后，去银行、超市、公园，都是被妈妈领着。即使读高中了，还是很依赖妈妈,"很怕一个人出门"。

我们采访的吴谢宇的高中同学、大学同学、邻居、大姑、表哥、父母的朋友等,对他基本都是夸赞。只有少数同龄人觉得他特别自律,多数人认为他似乎是一个没有情感的机器人。不过,在自傲的同时,吴谢宇发现自己内心深处是没有主见的,他总是在观察别人,快速琢磨怎样获得他人认可。他缺乏真正的辨识力,哪怕是考试第一,他也没有安全感。因为他觉得别人如果愿意像他那样苦学,是很容易赶上他的。

他从来不认为需要真的与同学交往,只要大家做同一套考题,他眼里看到的就是竞争不过他的"普通人",他不需要去关注这些人。实际上,除了一家三口的小世界之外,吴谢宇确实从小就没有与人真实深入地交往过。

在2021年4月写给合议庭的自述材料里,吴谢宇说他意识到了,"自己过去的思想观念是多么的扭曲、颠倒和错误"。他提到自己内心极度的自以为是,见到小姨、舅舅这些亲人,从来没有想过问问他们过得怎样。从小到大,他也遇到过向他倾吐心声的朋友,但他从不开放内心,也没有问过他们准备考什么样的大学,希望去哪个城市。他表面对人礼貌,但在内心深处,他觉得只要有"第一名"的身份保驾护航,自己就根本不需要知道别人是怎么想的。

吴谢宇其实很早就感受到自己"只是一台会考试的

机器"。当以一台机器要求自己的时候，他发现情感是多余的、让人心烦意乱的，所以他要求自己动用意志力来强压。但他一直沉浸于小说和影视作品中，这些为他提供了一个情感的虚幻世界，里面有"完美的主人公、完美的亲情友情爱情、完美的人生、完美的世界"。在虚幻的世界里，他不用真的付出什么。

2015年开始的逃亡之旅，让吴谢宇突然发现，他之前对这世界的真实感知少得可怜。他知道自己做了非常可怕的事情——弑母，所以他努力忘记自己是谁、干了什么。而他后来经历的真实世界让他发现，从小被安排好的生活使他的情感被抽离，也剥夺了他为生活而大笑、哀叹、痛苦的机会。

大学生活与巨大的崩塌

在北大经历的大学三年生活，到底发生了什么？在外人看来他走向了高峰，但他为什么在那个时候崩溃呢？吴谢宇提到大学，最深的感受就是"再也考不了第一了"。在北大经济学系34个人当中，即使他的成绩是第二名，也让他觉得世界坍塌了。他认为，考不了第一，他对于妈妈就没有价值，妈妈不再以他为骄傲，他的生命也就没有意义了。他在自述材料中说，有一天晚上他在高楼上徘徊，想跳楼，但一看快十点了，这是他每天约好和妈妈打电话的时间，他就赶紧下楼了，去做这件最重要的事情。

大学时期本来是一个人走向更大的舞台、与全国各地优秀的年轻人发生各种碰撞的岁月，而像吴谢宇这样看上去学习能力非常强的人，却走不出家庭的世界。大学是进入社会的预演，吴谢宇在北大碰到各个维度优秀的同龄人，他感受到很深的挫败感。考不了第一，只是最外显的一个方面而已。大学早已不是20世纪80年代谢天琴经历的大学了，谢天琴的老师说，那时候"大家的家庭条件都差不多"，学生们朴素而自信，家长们也很满意。但经济高速发展几十年之后，同一所大学的学生，带着的家庭视野和资源已经天差地别。所谓命运，可能正是一个人在新环境里不断调试自我的能力。

当考分不再是一个人价值的唯一标准，当谁都不是所有人羡慕的对象，一个人必须直面自己的内在价值。而吴谢宇的自我并未建立。这时候他已经是一个成年人，可是他习惯了躲在妈妈身后，任何事情都由妈妈操心，他知道自己胆小懦弱、躲避责任，但是他并不愿意真的改变自己。他后来在写给大姑的道歉信里，承认自己害怕毕业，害怕走向社会。

当他在高中是学霸的时候，他表现出对同学的热情，大家都接受。可大学里他不再是中心，他从没学会怎么与人交心，他那种非常表面化的热情，同学显得很不在乎。他想融入，却不得其法。我们采访了吴谢宇的同学、师兄师姐，在他们看来，在北大这样一个丰富的小社会里，学生们可以分为"社团咖""学生会咖""恋爱咖"等，各有各的圈子，也各有各的取舍。大家都在努力适应新环境，有快有慢。但吴谢宇这样只看重分数的学生，很难获得大家内心的认同。吴谢宇后来在信里说，他曾想开口求助，却发现自己根本不知道如何开口。他过去都是站在高处，以胜利者的姿态俯瞰同龄人。

只有妈妈最在乎他，妈妈最重要。当一个人遭遇外部世界的打击，很容易想到的情感资源还是自己的父母。但吴谢宇眼中的妈妈似乎总在哀叹她不想活，说自己熬着只是在等吴谢宇读完书。

在丈夫去世后，谢天琴抱怨他们住的一楼的房子不好，蟑螂多，抽油烟机也不好用。她讨厌住在二楼的退休领导，觉得自家被欺负了。她期望吴谢宇通过高考远走高飞，离开这套房子，"离开这个鬼地方"，要"光宗耀祖"。吴志坚在世的时候，他在公司附近的马尾买了一套98平方米的房子，谢天琴准备把它装修后出租，补贴家用。但谢天琴又忍不住对儿子哀叹，房子给别人住过之后，就不是自己的了。她有洁癖，不太接受房子给外人住。

这些被吴谢宇看在眼里。他在后来的自述材料里写道，他很久之后才意识到，妈妈那时经济上的压力。但妈妈真的像他认为的那样，不想活了吗？在给合议庭的自述材料里，他说他仔细回想后记起一些细节，说明妈妈也是热爱生活的，比如妈妈逛超市喜欢买零食吃，就在他杀害妈妈的前半年，他还看到妈妈从超市买回染发膏给她自己染发。

事实上，在经历丧夫之痛几年之后，谢天琴正从哀伤中走出来。她甚至参加了学校物理组的郊游，有老师看到她惊呼"谢老师来了啊"。她带过的最后一届学生王钦宁告诉我们，虽然谢天琴所在的"铁二中"是一所排名靠后的学校，但谢天琴是他唯一感谢的老师，因为她像一个重点中学的老师一样，不放弃任何一名学生。他曾在傍晚时分看到谢老师在宿舍楼下随便走走，偶尔低头看着土里的花花草草，"她一个人有些孤独，但我感觉她也在享受这种生活"。

总是与妈妈的情感紧紧捆绑的吴谢宇，从来不知道自己的真实感受是什么，该怎么在真实生活里爱一个人。当他在大学遇到挫折，发现自己原定的出国留学路在经济上和心力上的负担都超出预期时，他内心崩溃了。他说妈妈"没有亲情、爱情和友情"，实际上也在说自己。他说自己"无比强烈地渴望着去爱与被爱"。这句话，也可以用来形容书信日记里的谢天琴。

他过去以第一名的姿态，极度相信自己的判断。对于要杀妈妈这件事情，他竟然也坚信自己的判断，用一大堆大学里学到的经济学推导方式和"理性人假设"等各种概念，为自己找一种合理性。

那时候，他内心即将释放的极度的恶，已经严重偏离正常人性，是没有察觉，还是有所察觉但被他自己用概念掩盖了起来？我们不得而知。

吴谢宇弑母案一审开庭后，他在2021年4月给合议庭写的材料里说——当时想的是，爱一个人要为她做别人做不到的。他觉得如果自己像普通人一样，看重道德、法律、良知、前程，那就说明自己对妈妈的爱不够。他要像影视作品里那样，他幻想着"一次性、一步到位、一劳永逸、毕其功于一役地为爱的人做一件最大、最重要、最具'决定性'的事情，就是对她最深的爱、为她负最大的责任"。哪怕用极端的方式，吴谢宇也要将自己区别于普通人。

他说，过去他不是在家就是在学校，在哪里都有妈妈带着，他什么都不用想，跟在妈妈后边就好。而这次，他要做那个带领者，他要带妈妈"回家"。在他的各种自我辩解中，究竟什么更接近真实，外人很难知晓。但在这桩人伦惨案的背后，人性深渊中那将人吞噬的恶，打倒了一切。妈妈的爱，既让他感动、认同、服从，又让他感到禁锢。他但凡能看到妈妈的局限，能够理解自己和妈妈的不同，就不会如此失去人性地对待妈妈。

在各种自述材料和书信里，吴谢宇表达自己情感的语句又长又绕，初读之下让人觉得他的情感很虚假。但是在了解他的整体经历和各种矛盾之处后，我们发现，这也正是他的可悲之处。他一直不知道怎么真实地表达自己，他极度渴望温暖，但是又以自我为中心。当他只活在自己的想法里时，他连剥夺妈妈生命的事也做得出来。

在2016年、2019年、2022年、2023年这几个与案件有关的不同时间节点，我们的记者都进行了采访和报道。它既是一起让人震惊的刑事案件，也是一桩让人痛惜的家庭悲剧。它浓缩了我们这个时代的一种典型家庭特征，让人看到了家庭背负着的负担和局限，以及过去几十年里社会超速发展给人带来的不安。

正如吴志坚的朋友张力文向我们感慨的，在法律的判决之外，我们的社会又该怎么理解这起悲剧呢？

吴家和谢家早年为吃饱饭而挣扎，然后是20世纪60年代末出生的吴志坚和谢天琴吃苦考上大学，有了城市户口，找了公家单位，紧接着结婚生子、分到福利房、买了车。这是一个个从农村出来的家庭在城市里立住脚的经历，也是一个个中国家庭既重大也平凡的愿望。张力文问我们："中国人不是希望一代比一代强吗？吴谢宇考上了那么好的大学，走到了我们不曾到达的远方。到底是哪里出错了？"

吴谢宇正是利用了谢天琴性格的缺陷,使她的不辞而别看上去比较自然。"妈妈和我一起去美国了",本来这有可能是他们一年后的生活。

第一章

妈妈的消失

被按掉的电话

2015年7月18日夜里,张力文给谢天琴的手机拨了个电话,但电话马上被按掉了。后来张力文多次拨谢天琴的电话,希望通上话,但每次都被按掉。

这个做法非常符合谢天琴的性格。在张力文的理解里,谢天琴从来都不喜欢跟人往来,又节俭惯了,手机刚流行那几年,接电话是要钱的,估计谢天琴怕浪费钱,后来就习惯了按掉电话。她不是一个爱与人东拉西扯的人,话很少,对别人的事不感兴趣。聊天都是被动的,问几句,说一句。电话打过去,她按掉,但一般会马上回个短信:"你有什么事?"

7月18日这天,张力文在外出差,晚饭后在一个湖边散步，8点多突然接到吴谢宇的电话。吴谢宇在北京大学读完三年级，正在过暑假。他平时很少主动找张力文，但这天打电话闲聊了很久，突然提出借钱的要求。张力文是吴谢宇爸爸吴志坚的好友，2010年吴志坚去世后，他不时会打电话关心一下这对母子。但谢天琴很被动，很少主动找他。

2012年夏天，吴谢宇考上北大的消息传来，张力文多次给谢天琴打电话。他代表吴谢宇爸爸这边的几个好朋友，想请他们母子俩出来吃个饭，庆贺一下。张力文知道谢天琴不爱接手机，他就直接给谢天琴家里的座机拨过去，但谢天琴拒绝得很直接，总是简短地说"不去，不去"，或者"不麻烦了，太麻烦了"。几个朋友于是轮流给她打电话，她也推掉了。

一直到母子俩第二天就要动身去北京了，张力文打电话直接说："选个你家旁边的店吧，你必须出来！不然我们这些当朋友的，面子上怎么过得去？"张力文和谢天琴、吴志坚两口子都是福建莆田仙游人，朋友的身份再加上一层老乡关系，遇到孩子考上北大这样的喜事，按照习俗，亲朋好友是怎么样也要表达心意的。谢天琴和吴谢宇出来吃了顿饭，就在家旁边的一个小饭馆里，这几个叔叔都给吴谢宇包了红包，每人几千元。吴志坚虽然因病早逝，但儿子出人意料地争气，大家觉得颇为安慰。

一转眼三年过去了。吴谢宇在2015年7月18日这通电话里，非常热情地寒暄后，说自己马上要去美国做交换生，想借40万元。他又随意地说了一句，"我也知道叔叔自己公司有些情况，经济上不宽裕"。这句话让张力文有些意外，他怎么知道自己的事？吴谢宇解释说，他刚刚给爸爸以前的另一位同事打电话了，随口聊到的。

张力文说自己可以借出20万元，问吴谢宇要去美国哪个学校。吴谢宇说，还在选，一个是布朗大学，一个是麻省理工学院。布朗大学张力文没有听过，就说："那你能不能争取一下麻省理工？"对于吴谢宇要借的钱，他做好了不会要回的准备，本来吴志坚去世之后，这对孤儿寡母就不容易。资助给吴谢宇的钱，就是一份情义。但20万元对张力文不是个小数目，他也怕吴谢宇没有经历过社会，去美国要租房、要交学费，怕他糊里糊涂没搞清楚。他提出来希望吴谢宇列个大概的费用清单，吴谢宇答应了。

这通电话从晚上8点打到10点多，吴谢宇能言善道，张力文问起去美国的每一处细节，他都有详细的回答。回到宾馆，张力文就给谢天琴的手机拨了个电话，他想"借几十万这么大的事，大人总该出面说一声的"。电话被按掉，然后对方发来短信，说话语气跟谢天琴一模一样，只是信息发得多，大段大段的。

其实，张力文的心里也不是完全没有疑惑。他1991年大学毕业，分配到福建南平铝厂，进厂就认识了高他一届的吴志坚。紧接着吴志坚谈恋爱，他当"电灯泡"，陪着一起打球吃饭，看着吴志坚和谢天琴走到一起、结婚生子。认识谢天琴二十多年了，他想象不出，她会求助于人。高度自尊，是朋友们对她的一致印象。但他琢磨着，或许正是这种自尊，她拉不下脸面，只能让孩子来借钱？

他哪里能想得到，接到吴谢宇这通电话时，谢天琴已经遇害一周了。妹妹谢天凌平时跟谢天琴联系较多，但从2015年7月11日（谢天琴遇害的第二天）开始，她没法直接联系上姐姐了。手机能打通，但不应答，最后会短信回复。

住在谢天琴楼上的马老师，是她的知心大姐。马老师最后一次见到谢天琴和吴谢宇是2015年7月3日。吴谢宇暑假回家，母子俩晚饭后在操场上散步，手牵着手。马老师听谢天琴提到，儿子很快要去美国了，但她并未听谢天琴亲口说她也一起去美国。8月5日，马老师到北京游玩，她发手机短信给谢天琴约见面，收到文字回复说人已经在美国。

一个生活在城市里的有家庭的人，想在现代社会消失而不引起他人察觉，显然很难。谢天琴是一名中学老师，家就在学校里，同事就是邻居，每天的活动范围不过方圆几百米，她在那里已经生活了15年。失踪半年而不被发现，吴谢宇正是利用了妈妈的性格弱点。同事们在后来接受警方询问时，评价谢天琴"一般很少和人打招呼，与人接触不多"。虽然亲友对她突然消失略感疑惑，但也说明谢天琴性格的独特之处——不招呼一声就去国外生活这样的事，她可能做得出来。

母子俩的生活往高处走了，这样的选择，已经超出了大家的经验。

结 合

按照谢天琴的脾气秉性，她觉得自己是不需要家庭的。

1990年夏天，23岁的谢天琴分到福建南平铁路中学当历史老师，她跟几个关系近的同事说过，今后选择单身。谢天琴内向寡言，能够向同事倾吐内心关于婚姻的想法，从她一贯的为人特点来看，已经实属难得。

这一段时光是谢天琴少有的舒心日子。1986年考上理想的大学，1990年分配到铁路系统的学校，人生最重要的几件大事里，这两件事特别符合她的心意。在那个年代，单身是绝对少数派的选择，是对既定社会规则的一种挑战，同事们打趣她是"单身贵族"。但大家也隐隐知道，作为一名福建莆田的女孩，她虽然通过高考实现了人生飞跃，可传宗接代仍是最重要的责任。莆田的地方传统积淀深厚，乡土社会的风俗习惯保存至今，一个女性选择单身，压力是非常大的。

吴志坚和谢天琴是偶然相识的。吴志坚的叔叔在铁路系统工作，谢天琴在铁路系统的学校当老师，与这位长辈相识了。吴志坚有一次和朋友一起到谢天琴的宿舍玩，两人谈一些文学和哲学的话题，随后相爱，谢天琴在信里说，自己的情感堡垒"被攻破了"。

谢天琴对外人态度很清冷，但是一旦进入亲密关系，她对爱人就会表现出非常强烈的情感。当她的内心向吴志坚开放后，她表现得极为依恋，多愁善感又非常没有安全感。谢天琴很喜欢给吴志坚写信，从信中来看，吴志坚出差了或是没有按照她期望的频率打电话，她就会感到极端难受、痛苦："（我）软弱却情感丰富，痴情永远有炼狱般的威胁""何其不幸，生就一个多情性格""只要你不离开我，任何的时空都无异于我，流浪、露宿，只会平添爱情的色彩"……

客观条件上，吴志坚实在没有优势。他来自一个贫苦的农民家庭，父亲早逝，他是家里唯一的男孩，有一个大姐和三个妹妹，其中一个妹妹有智力发育问题。

比她年长的同事说："这不行啊，你家还不够苦？还要找一个更苦的？"

谢天琴说："家里给压力了。"

从谢天琴的信来看，她嫁给吴志坚完全是自己的选择，并不是家庭给压力。她对爱情有着非常浪漫的幻想，吴志坚贫苦的物质条件反而给了她一种为爱情而献身的神圣感。她在信中说道："当我得知你的身世后，我只有更崇拜你了。你想想，在逆境中奋起的男孩，哪个能不让女孩动心？"谢天琴认为，吴志坚乐观、开朗，不怨天尤人，"只有满怀爱的人才会处处关爱别人"。

吴志坚本人的条件也让谢天琴很喜欢。他跟谢天琴一样生于1967年，一米七六的个子，在南方人里算是魁梧，从福州大学毕业后分配到国营的南平铝厂上班。两人老家都在仙游，只隔着十几公里，这是莆田人非常看重的姻缘基础。就两个年轻人自身的条件来说，似乎还挺般配。两人都从小地方通过考大学，获得了学校和国企的铁饭碗，在福州立住了脚。这两个1990年毕业的大学生虽然一穷二白，但今后的日子肯定是越过越好。

不过，作为过来人的同事还是摇头，对谢天琴说："以后你等着过苦日子吧。"马老师现在说起来，还问采访的我们："我们都觉得谢天琴是下嫁，你说是不是？"谢天琴不愿意在外人面前显得自己对爱情投入很深，一句"家里给压力了"，就解释过去了。

她在信里对吴志坚说，她觉得自己做不了现代女性，不会交际，不会电脑，什么都不会。她给自己的定位是——传统的贤妻良母，她自信可以胜任这个角色。

南平市不大，山地面积广，电缆厂、电池厂、铝厂沿河而建。有些地方看着近，但走起来得翻山越岭。谢天琴所在的铁路系统学校，老师宿舍非常简朴，两人一间。谢天琴和同事自己弄个小锅，有时候炒点菜改善伙食。吴志坚在铝厂里也过着集体生活，工厂里配套齐全，像个小社会。两人谈恋爱，周末约着一起看看电影、打打羽毛球。很快，就顺利结婚了。

上　升

1986年报考苏州铁道师范学院，是谢天琴精心挑选的结果。这所高校是当时铁道部直属的唯一一个有文科的高校，作为师范生，她不用交学费，每个月还有21元的饭票补助。读铁道部的师范院校，毕业后能去铁路系统里的学校当老师，正如她同级的大学同学所说，"那时候铁路经过的地方，可都是经济比较发达的地方，生活不会差"。她形容那种自豪感，"1986年考大学很不容易，我们都是天之骄子"。

大学里的谢天琴很少开口说话，她的莆田口音让老师、同学印象深刻。教过她中国现代史的老师向我们回忆说，谢天琴总是跟在一帮女生后边，话少，但笑眯眯的。

25岁结婚，紧接着生下儿子。工作要打拼，家里老公、孩子也要照顾，大家看到的谢天琴，忙得像个陀螺。她不像自己曾设想的那样，做一个了无牵挂的人，但小家庭日子的奔头也是看得着的。1993年，在儿子出生前一年，吴志坚作为骨干员工被派到福州郊区马尾，参与机械安装工程。

南平铝厂从1992年开始在马尾建立分厂，1993年企业与外商合资,引进具有当时世界先进水平的铝板带冷轧技术设备。吴志坚这样的大学生,正赶上了企业发展日新月异的时代。1991年,南平铝厂只招了27个大学生,第二年这个数字就变成了100,第三年则是200人,接下来每年招人数量都要翻一番。吴志坚是基建科的技术人员,随着单位在马尾建厂而有了广阔的成长空间,他的职业生涯刚好与企业发展最快的十几年重合。

谢天琴从小日子苦,这是她在说到自己的就业选择时跟同事说的。她说大学同学都希望分回原籍,只有她不在意,因为她在老家一个朋友都没有。一般人觉得奇怪:你在老家好歹也读了小学和中学,十几年下来,怎么会一个朋友都没有?谢天琴回答说,她是家里的长女,放学回家就要做各种家务,带弟弟妹妹,没时间和小朋友一起玩。

关系好的同事听了她的经历,对她拘谨、寡言的性格多了一层理解和同情。

1995年,谢天琴的职业生涯遇到了一次变动。她所在的南平铁路中学,一部分老师要分流到福州铁路系统的学校里。南平铁路中学到了20世纪90年代初,生存已经面临很大困难,学生人数非常少,初中一个班级只有十几个人,老师水平也不高。谢天琴的一位同事说起那次变动,"心里是有些打鼓的,我们原来在南平工作的成绩,到了新地方可不就被一下子抹平了?再一个,毕竟我们是分流到这里的,也怕受到排斥"。

不过好在从南平分流到福州铁路系统的有二十几家人，互相有个扶持。而且到福州不久，这批老师刚好赶上福利分房，每家都分到了一套房子。

在这次命运的推动里，谢天琴显然是幸运的。20世纪90年代末期是整个中国福利分房制度的尾声，吴志坚和谢天琴能在省会城市有一套自己的住房，意义重大。而且吴志坚到福州郊区马尾工作后，谢天琴也来了福州，夫妻俩不再需要两地分居。1996年左右，吴志坚的月工资是600块钱，这个从贫苦家庭出来的年轻人感到很满足。

吴志坚的性情很温和，在家庭生活里让人感到放松，也是朋友间的黏合剂。吴志坚像个大哥一样，带着张力文去认识老乡，帮他安排宿舍，带他去川菜馆吃饭。吴志坚如果叫大家出来吃饭，即使是互相看不太顺眼的朋友也都来。他的善解人意还体现在，他在南平铝厂有一个单间宿舍，被派到马尾工作后，他就把宿舍钥匙给了张力文，方便大家谈恋爱。张力文身高只有一米六，他很羡慕吴志坚一米七六的个头，单位里每个部门都有篮球队，吴志坚打后卫，很活跃。

好运接连降临到这对年轻夫妇头上。谢天琴分到住房后，1998年，赶上南平铝厂分房，吴志坚也在马尾得到了一套78平方米的住房。那时候要分到一套房子，也是积分制，吴志坚符合条件。孩子才四岁，两口子已经攒了两套房子，这可太让经历相似的人羡慕了。张力文记得那时候，有年轻同事为了分房，迅速找了一个姑娘结婚。他叹息自己谈恋爱谈得晚，没有赶上大好福利，后来2003年结婚买房时，他只能自己掏钱买商品房。在福州站住脚的这个重要起点，他比吴志坚两口子低。

安　家

不喜交际、爱干净，是谢天琴给人留下的突出印象。她的头发有些自然卷，一米六的个子，很瘦，穿衣保守，基本是素色的长衣长裤，夏天不会穿没有领子的衣服。没人能想象她穿着花裙子或是踩着拖鞋，那对她来说，不像个样子。这种非常严肃内敛的气质，使她像是更上一辈的人，"一本正经"。

小家庭添了孩子，两边的大家庭能够提供哪些帮助，成为一个现实问题。本来吴志坚家的人口多，待在农村也挣不到多少钱，出人手理应是吴家的优势。但事实上，这点完全做不到。吴志坚的妈妈和二妹在谢天琴坐月子的时候来照顾过，之后又陆续帮过几次忙，但很难长久。20岁出头的二妹总说自己头疼，母亲只能带她回老家。后来吴志坚给二妹介绍了一个谈婚论嫁的对象，男方没看上她，二妹受了刺激，头疼演变成了严重的精神疾病。她后来多次进出精神病院，吴志坚的妈妈就更不可能离开老家。谢天琴这边，她的妹妹和弟弟在和她相近的年份里生了孩子，每个家庭都需要帮手，很难支援她。至少在育儿这件事情上，谢天琴的遭遇再一次说明，家族的其他人很难给她提供帮助。

孩子要自己带，工作也不想耽误，好强的谢天琴，总是尽力把事情做好。她所在的福州教育学院第二附属中学（简称"铁二中"），在福州是排名靠后的普通中学。谢天琴虽然只是教历史的副科老师，但对工作一点也不马虎。所以同事们看到的谢天琴——有时候要上课了，匆匆忙忙把孩子和吃食塞到另一个老师手里，就奔去教室了。她在同事里算年轻人，年长的女老师也愿意帮忙搭把手。马老师成了谢天琴最亲密的朋友，她年长谢天琴15岁，老公也是莆田人，她知道莆田人对女性贤妻良母这一面的要求高，比较心疼她。她们一起从南平调到福州，在融入新学校的过程中，也有惺惺相惜之感。

有一段时间谢天琴管住校生，晚上六七点要去检查学生的自习。那时候老师们住在筒子楼一般的宿舍里，她把孩子送到马老师手里，马老师给哄睡着了，再放到她家去。

宋雪跟谢天琴在南平时就是同事。她比谢天琴大几岁，早年大家的宿舍在同一层，总聚在一起织毛衣。"谢天琴朋友圈很小，我跟她已经算是关系好的。"宋雪说，她在南平时就知道谢天琴爱干净，去宿舍玩是不敢坐在她床上的。

1995年南平铁路中学的这部分老师搬到福州后,"铁二中"的教师住房已经建好了。为了这二十多户新来的老师,学校在家属区又加建了一栋楼。等待建房的过程中,这二十多户老师一起住筒子楼,共用厨房。吴谢宇在这里度过了从一岁到六七岁的时光,谢天琴也获益于这样的居住条件。一旦忙起来,孩子不管往哪个老师手上一放,总是放心的。

谢天琴还给一些同事留下对孩子宽松的印象。比如吴谢宇刚会走路不久,谢天琴给他买鸽子吃,补身体,但是吴谢宇想把鸽子养一阵。过了一阵子,马老师提醒谢天琴,鸽子是买来吃的。"她要征求孩子的意见,要儿子点头同意才会杀。她不敢杀,还是让生物老师给杀的。"马老师的感受是,谢天琴是比她年轻一代的父母,跟孩子之间更平等,"还得小宇点头了才杀鸽子"。

吴志坚只要不在谢天琴身边,她就有很强的不安感。特别是有孩子之前,吴志坚有一阵子去深圳出差多,谢天琴总是在信里表达强烈的不满,说"深圳是我的情敌"。半天没有接到丈夫的电话,便说自己肝肠寸断,常常会觉得丈夫不在就像失去了全世界,反复质疑生命的意义。

从1994年两人婚姻初期的几十封通信来看,谢天琴的情感强烈程度确实很高。从信中看,她得到满足的时候很少,有一次是,吴志坚第一次去山东出差,隔天就给她写一封信,使她感到每天都能活在情感的包围中。更多的是她各种哀伤的抱怨："志坚，当你读我所有的信件后，仍是无动于衷，仍不明白我的一颗心，也是置我于死地的。当然，我的死你也不用负太大的责任。""志坚，仍无你的电话，你昨天不是说今天来电吗？去了一趟深圳，什么都变了，不仅不按时回家，而且也不遵守诺言了。如此下去，我还有活路吗？""你出尔反尔，我现在真的无话可说，你视恩爱的妻子于不顾，一个电话也吝啬，太令我心碎了。你昨天明明听出我的不满，明明知道我今天在等你电话，你却如此将我一军，我会记住的。""我真是无用之人，我是无能之辈，死不足惜。""你不该娶妻的，尤其不该娶我。"……

从谢天琴信里的描述来看，吴志坚几次试图提出辞职，这样可以不用总让谢天琴不满意，但她说："志坚，我考虑了很久，你我的结合是不是个错误，或者我本身就不应该结婚？我是个情感好丰富的人，又敏感且固执，这种性格可能不适于婚姻生活，我真的忍受不了此刻的分离，每次你提出辞职离去，我的心都会痛好几天。你说我爱哭，我又怎能控制得了自己，看到你难受的样子，我就想到是我拖累了你……"

从保留下来的吴志坚的回信来看，他说的更多的是具体事情，比如要给大妹妹找个入赘女婿，这个女婿不能找得太随意，还得要大妹妹自己中意才行，他也谈到农村家人的生活不易。

1994年秋天，吴谢宇出生。有了儿子，谢天琴的情感寄托有了重要承载。吴志坚在家庭中的存在感一直不强，表面原因是他上下班的通勤距离长，早出晚归。房子是谢天琴的学校分的，就在学校里，位置在福州火车站附近，属于福州市北边，靠近北三环。这一片遍布着铁路系统的各个附属单位和学校。而南平铝厂在马尾的厂子，离家近30公里。吴志坚先骑车出门，再坐班车上下班，单程就要一个多小时。所以，即使在一个家属楼里生活多年，邻居们见到吴志坚的时候也非常少，"大家起床时他已经出门了，下班到家天也黑了，他们家晚饭吃得也晚"。

从照顾孩子吃饭起居，到操心孩子的教育，基本都是谢天琴在管，这也是她认为自己承担"贤妻良母"职责所必需的。从吴谢宇读幼儿园开始，谢天琴就会去找老师，她怕孩子不听话，需要了解孩子在学校的表现。吴谢宇读小学和中学时的各位老师，正好是谢天琴的同事。教师身份为谢天琴全方位了解孩子在学校的表现，看上去提供了很大的便利。

2000年，学校为老师们建的家属楼正式盖好，原来在宿舍楼里的一家家人，就搬进了每户70平方米的新房里。从此，开始了各家"关起门来过日子"的生活，吴谢宇一家三口正式在福州安家了。

102房间

谢天琴的同事或吴志坚的朋友回忆起吴谢宇小时候，记得他像普通男孩一样调皮，喜欢跑来跑去，小圆脸胖乎乎的。吴谢宇上小学一年级的寒假，过年聚会，他爸爸的朋友记得"这孩子动作不停，是个调皮的男孩"。

马老师跟吴谢宇接触多，她自己养育着两个女儿，似乎对男孩的调皮比较在意。她记得，有一次学校组织老师们去岷江游玩，孩子们不少。好几个老师围着一个箱子打扑克牌，吴谢宇那时候还很小，跑到箱子上面去抓扑克牌，瞎捣乱。"谢天琴就在那里，她也在打牌，她就不知道怎么办。是我一把把他拽到旁边，让他站在那里不要动。我说的是小孩子不能没规矩。"她还记得有一次，上小学的吴谢宇在职工之家"捣乱"，有两个老师说吴谢宇，他不理。马老师知道吴谢宇有些怕她，就批评说，不讲礼貌的孩子没人喜欢，带着他去跟那两位老师道歉。从没有当面见过谢天琴管教孩子，所以马老师的感受是"谢老师有点溺爱孩子，她属于慈母，不是严厉管教的那种"，因为"在别人面前，她不会放下面子去教育孩子"。

住在谢天琴楼上的宋雪，刚好成为吴谢宇的小学老师，教他语文。她记得吴谢宇小时候胖胖的，字写得丑，看起来"黑乎乎的一团"。作文倒是写得不错，不过人很调皮。调皮的范围也正常，都是跑来跑去、上课爱说话之类的小细节。宋雪有时下班路过谢天琴家门口，就会敲门找她说说吴谢宇在学校的表现。

现在回想起来，即使宋雪认为自己和谢天琴算很不错的朋友了，她好像也从没有进过谢天琴家的门。每次她敲门，谢天琴都是打开窄窄的一条缝，两个人就站在门缝口聊上几句。宋雪说吴谢宇的表现，谢天琴听了也不说什么，基本都是"知道了""嗯"这样的答复。"她家沙发就对着门，我现在想想，都想不出她家的沙发长什么样。"小学三年级以后，换了别的老师教吴谢宇语文，新老师有什么意见也是让宋雪捎回来。宋雪站在谢天琴家门口，两人还是同样简洁的聊天模式。

102房间的房门，似乎很难完全推开。谢天琴的心门，也只能最多开一条窄窄的门缝。马老师家人多，三代同堂。在南平时，马老师心疼谢天琴，总是一大早煮了稀饭，端一碗下楼送到谢天琴家。到了福州后，交往反而少了，谢天琴家的门总是关着。有时两人说点事情，也是隔着一条门缝，谢天琴表现得不愿意承人恩惠，不时给马老师的孩子买点文具，把人情还回去。谢天琴这种习惯，一直贯穿于她与马老师的交往之中。

一个人如果不能马上把人情用这种物质的方法还回去，就得动用自己的情感。而这种情感的往来流动，恰恰是谢天琴最匮乏的能力。在很大程度上，她是一个不愿意与他人建立关联的人，说话生硬，不与多数同事交往。她与学生间的交往就是好好上课，以知识传授为交往媒介，是让她舒服的方式。

自律的儿子

本来是一个爱跑爱闹的小男孩，随着年纪渐长，吴谢宇却表现出比同龄人更强的自制力，爱读书，按他弑母被捕后的自述来说，他希望自己"完全不用大人操心"。谢天琴和吴志坚在家里只说仙游话，吴谢宇听不懂，"爸妈也说，大人的事情你小孩不用管也不用听，我就只去读书做题了，我感觉自己是小孩，爸妈是大人"。吴谢宇27岁在看守所里写内心感受时，这样写道："我和爸爸妈妈从来没有说过真心话。"在和律师的会谈中，吴谢宇说"对爸爸不了解，只是觉得他的性格很好"。

吴志坚和谢天琴是双方家族的骄傲，吴谢宇在父母的期望中早早就感觉到，学习是他的唯一任务。为了讨父母高兴，吴谢宇从小给外人留下的印象是总拿着一本书在看。哪怕是家里装修的时候，刚刚读小学的他在建材城跟着大人买材料时也在看书；在父亲朋友的酒局上，他也总是在看书。"我很早就学会在爸爸妈妈面前尽力掩藏自己的情绪和感受，因为我觉得这是我懂事的表现。"

张力文1997年被南平铝厂派到青岛工作，成为青岛业务的负责人，在那边一待就是十年。有时候回福州，他会提前跟吴志坚联系，让他叫上共同的朋友聚聚。这些聚会都是张力文请客，他总是让吴志坚带上老婆孩子。吴谢宇在2021年从看守所写给张力文的信里，回忆小时候一家三口和张力文一起聚会，他觉得张力文长得有些像任贤齐，"你笑容很灿烂，你对我很亲切"，但是"我从小就很胆怯，不敢和大人多说话，就一个人安安静静待着看书"。平时聚会，读三四年级的吴谢宇就在看欧洲哲学史这类书。

爱看书，成了吴谢宇从小的一种人设。看书，代替了他自己去摸索、去体验的真实生活。张力文回忆起吴谢宇小时候，有一次十几个大人约着吃饭，大家聊到"恺撒大帝"的话题，"哎！吴谢宇这孩子一点也不怯场，突然就跳出来，接上我们的话，而且成了主角。我们这些同学都是上过大学的，可吴谢宇那个劲头，充满了自豪"。

吴志坚和谢天琴都是大学生，又培养了一个这么爱学习的孩子，在外人眼里这就是有能力的证明。谢天琴是老师，在大家看来她是天然擅长教育孩子的人。吴谢宇后来在写给小姨的信里表达了他从小对妈妈的依赖，"你从小看我长大的，你知道我多黏妈妈，我离不开妈妈的啊，我真的是太爱妈妈了。我的眼里只有妈妈一个人"。

在写给舅舅的信里，他也诉说着自己从小听话的动力是为了让妈妈高兴。"我爱我妈妈的，上帝啊，我从小到大就是在为妈妈而活着的啊，我学画画、学电子琴、学奥数、学英语，考第一名，当班长，拿三好学生，拿省优秀学生,考北大拿奖学金,我自己其实都谈不上什么开心快乐,我每天都活得好累好辛苦好无趣,可我还是逼自己,咬牙硬挺死撑着去读书去考试去做一个好学生乖孩子……这一切都是为了想让妈妈开心,想让妈妈为我骄傲,想减轻妈妈负担,想让妈妈不用为我操心,别那么累……"

所以,即使是人际交往的场合,吴谢宇也通过揣摩妈妈的想法,埋头书本,而不是真正去与人打交道。一直到27岁写自述材料时他才说,自己终于意识到,"这正是那个时候的我最严重的一个问题,我从小就完全不懂得怎么和人沟通交流,我从来没有和任何一个人(甚至是我的爸爸妈妈)说过我内心的真实想法和感受"。妈妈为他打点一切,所以他说:"面对生活中的任何事我都想着'有妈妈操心,我不用管'。遇到任何人,我都躲在妈妈的背后,想着'有妈妈应付,我不用管'。"吴谢宇发现自己实际上彻底依赖妈妈,但是他"几乎从不让自己意识到这一点"。

妈妈是为家里奉献最多的那一个,全心全意照顾老公、照顾孩子,"总是把自己压到最低、放到最后"。这让吴谢宇从小就有很强的愧疚感,不能惹妈妈不高兴,一定要让妈妈满意。他回报的方式就是好好学习,"努力和勤奋已经刻进我的本能,从小到大,我每天都在抓紧一切时间",从没有一刻敢放松。

命运里的每一个人,站在他自身的角度,都是可以理解的。但是几个人的命运叠加到一起,产生了新的交集,这些碰撞要达成一种家庭发展的共识,却很不容易。

第二章

两个家族

洁净与"脏东西"

谢天琴不爱交际，2000年搬进这栋教师家属楼之后，作为好友的张力文，还有吴志坚的大姐阿花，是家里为数不多的客人。张力文对吴谢宇家里的印象，就是简洁朴素。70平方米的两居室，阳台被改造成一个小小的榻榻米，作为学习空间。用的是简单的木质家具，也有福建人家家都有的工夫茶茶具。

张力文那时长驻外地，偶尔回福州一趟，会到吴谢宇家过夜。有一次吃饭，他发现谢天琴摆好大家的餐具后，给吴志坚拿了一套独立的碗筷，把菜单独给他夹到一个碗里。张力文有些愣，问："怎么……"吴志坚不自然地说，不是体检查出了小三阳嘛，老婆说怕传染。

张力文心里比较吃惊，他平时和吴志坚在外喝酒，仍然不分碗筷，"小三阳是不传染的。朋友一起，不能孤立他啊"。

谢天琴对干净的严格要求，让外人印象很深。有一次张力文吃饭不小心掉了一粒米饭在地上，谢天琴马上俯身用纸去捡，扔进垃圾桶，并没有关注到张力文脸上泛起的尴尬。

与洁净相对应的是，吴谢宇回忆起自己的幼年会用到"脏""排斥""厌恶"这样的词语。"我幼儿园最深的记忆，就是因为我脖子上长的东西而被别人嘲笑、疏远、看不起。""那东西显得很脏很难看，在幼儿园里的事我几乎记不得了，但就是小朋友们看向我脖子时那种害怕和排斥、厌恶的眼神，深深刻在我心里。"在其他事情全然模糊的情景下，吴谢宇记得小朋友对他说："你脖子上长的那是什么东西？脏死了！你离我远点，别弄到我身上！"

马老师是看着吴谢宇长大的，她记得吴谢宇小时候是有哮喘的，脖子上长过深色的颗粒。有一次学校组织大家去桂林春游，读小学三年级的吴谢宇犯了哮喘，谢天琴整个晚上都抱着他睡。谢天琴认为儿子体弱多病，有一段时间经常带他去医院，后来又回到仙游老家找过巫医，她认为是土方子最终治好了儿子。

这些事情在外人看来只是吴谢宇童年经历中的一小

段。但成年后的吴谢宇自己分析,"我性格中那根深蒂固的悲观、消极、绝望的负面因子,恐怕就是哮喘在我心里种下的"。谢天琴也是个负面情绪比较重的人,哪怕是怀孕期间,她在写给吴志坚的信里,也要抒发自己的不高兴,"我无心吃饭,可肚子老在呼叫(近来太容易饿,令我非常气愤)。虽然只分别了不到一周,但我觉得有半个世纪那么久,天天无生趣地把生命拖着"。类似的负面情绪,对于幼小的孩子来说,有些无从应对。吴谢宇很小就学会藏起情绪,希望妈妈高兴。他要做大人眼中的好孩子,不敢与其他孩子起冲突。"我敢怒不敢言,因为我懦弱,从不敢和任何人起冲突……我害怕一和任何人吵架,老师就要批评我,就会告诉妈妈,然后妈妈就会觉得我不是个好孩子,我不乖不听话了,然后妈妈就不会以我为骄傲了,就要生气的,不要我了,把我扔进垃圾堆了。"

即使在写下上面这些语句时,吴谢宇已经27岁了,信里那种把自己当幼儿,而妈妈是绝对权威的形象,还完全占领着他。身体不好,似乎是对他的一种惩罚,"我不明白我做错了什么,要得这可怕的哮喘"。他认为疾病加深了他本来就有的自卑:"我心里其实和他们是一样的看法:哮喘让我越加自卑,对自己这小身体越加不满、愤怒、悲观和失望,我心里面也觉得我这艰难喘息的身体实在太破烂,就和废人没什么区别了啊!"

磨 合

谢天琴在婚姻早期有过相对明朗的情绪,但随着养育孩子的压力加大,以及要应对婆家的各种琐事,她性格中不好相处的一面显现了出来。谢天琴作为知识女性,在吴家人既有的女性形象里,是完全陌生的。她是大学生,是和吴志坚一样有本事的人。婆家该对这样一位女性有什么样的设想,也是在磨合中慢慢定位的。

吴志坚结婚生子后,每年过年、放寒暑假,都会一家人回老家。村里人家出现红白喜事之类的,他也会代表吴家有所表示。但是吴家很穷,这个老家并不是想象中的田园牧歌。只有看到他们在仙游度尾镇的房子,才会对这家人的贫穷有直观的感受。几十年前盖的低矮土坯房,土黄色的黏土墙体,地上也没铺水泥,屋内黑乎乎的。

大年夜,谢天琴只在度尾镇农村的吴家老房子里待一会儿。吴志坚妈妈做一大桌菜,谢天琴吃几口就说吃饱了。婆婆早年是从大山沟里嫁过来的,没什么文化,但人是个能干敞亮的人,对此从来没有表达过不高兴。

吴志坚的大姐阿花知道谢天琴没吃饱。大姐虽然没什么文化,但与情感冷淡的谢天琴相比,阿花有着一个质朴的女性对家庭生活的热情,孩子们喜欢和她在一起,觉得温暖自在,吴谢宇小时候开心的记忆就发生在姑姑家里。所以老屋的年饭后,大姐带着弟弟一家人到自己结婚后在仙游县城的家里，让老公再做一顿正式的年夜饭。她老公手艺好，做的饭菜谢天琴愿意吃。谢天琴爱干净，一开始在大姐家住，和吴志坚讨论准备被罩的事情，大姐听出来了，说"那我来买床新的"，就特意为他们一家三口买了新的铺盖。每次他们走后就洗干净收起来，来了再铺上。

从此以后，吴志坚一家人回仙游，基本住大姐家。厨房里的砧板发黄，谢天琴看在眼里，倒没说什么。后来大姐家买了新的，谢天琴见到后说了一句"终于买新的了"。后来吴志坚向大姐解释，家里的砧板只要是蟑螂爬过的，肯定丢掉。有一年大年夜，大姐、姐夫去朋友家帮忙做饭，到第二天早上才回来，吴志坚委婉地埋怨道："你们怎么没回家做饭？天琴饿了一夜肚子。"可见，在大姐面前，吴志坚和谢天琴是出钱的人，大姐和姐夫是出力的人。

谢天琴的性格事实上强势，但是她在给丈夫的信里又表示，她很希望做小女人，希望有人替她做主，她也需要被人照顾，"我是多么盼望被人指挥，听人指令啊"。不过，谢天琴马上又说，很多事情即使她问过吴志坚的意见，最后她还是忍不住按自己的想法来，她承认自己是个很固执的人。

吴志坚看来是早已摸透谢天琴的性格，尽量避免冲突。阿花一直觉得弟弟太迁就弟媳。不过从两家的经济条件来说，谢家此时确实要好得多。谢天琴家在仙游县城，父亲被错划为"右派分子"，在20世纪80年代得到改正，以县处级干部身份办了离休，每月退休金300多元。到90年代末，涨到了3000多元。谢天琴的弟弟走了入伍当兵的道路，妹妹曾有机会获得到外地高校给父亲顶班的名额，但她考虑到自己文凭不高，那所大学离家又太远，放弃了。

谢天琴的父亲及其三个子女，都有独立的经济能力，谁也不是谁的负累。但吴家情况就不一样了，吴志坚来自地道的农民家庭，他是大家庭唯一的养分输送者。

谢天琴获得学校分的这套住房后，她的妹夫操心了不少装修的事。谢天琴的妹妹、妹夫来家做客，谢天琴没给他们什么束缚。吴志坚的大姐来了一次，感受就很不一样。

当时是2000年6月，吴志坚的小家庭刚刚搬进新家不久，吴谢宇是即将上小学的年纪。姑姑刚要在木质沙发上坐下，吴谢宇说："这是我妈妈坐的。"姑姑于是去坐旁边的位子，吴谢宇说："这是我爸爸坐的。"姑姑只好坐更旁边的位子，吴谢宇说："这是小宇坐的。"姑姑完全愣住了，也有些生气："那我坐地上？"

这时吴志坚从房间里出来，平时没什么脾气的他大吼了一声："姑姑对你那么好，你怎么这样？"吴谢宇一下就哭了。谢天琴在房间里没出来。这次也是极为少见的，吴志坚表现出了一种对抗。多数时候吴志坚温和委婉，在大姐看来，他总是迁就弟媳。而大姐和她所代表的"索取"，正是吴志坚在妻子面前比较弱势的重要原因。

吴志坚对谢天琴的宽容，也含着对她命运的深深同情。住在楼上的马老师也是，2022年和2023年我们几次去探访马老师时，她都提到，谢天琴的身世太苦了，不能对她的性格要求太多。

盲人家的长女

谢天琴的出生，是她的父亲命运遭受重大挫折、跌进深渊后，带来的一种结果。

2022年和2023年，我们几次去到谢天琴在仙游县城的老家，谢家所在那一片的格局如今仍然保留着，还能找到老邻居。一条条纵向的、弯曲的小胡同与大马路垂直，胡同的后半部分互相连通，一家一户的房子挤挤挨挨，像个巨大的、充满烟火气的迷宫。每家都藏不住秘密，那些细碎的话语在街巷里冲撞、环绕。哪一家是谢家呢？当我们向快递员描述"占地面积不大，是重建的水泥楼房，但房子一直未完工"时，快递员脱口而出，"噢，你们说的是'废墟'啊，我们都叫它'废墟'"。

谢家裸露的三层楼水泥房放置了得有十年，在这一片确实少见。附近有几所县城里出色的中学——现代中学、仙游一中，哪怕把房子简单建起来，都很容易出租给陪读的家长。关于房子未完工的原因，按照谢天琴弟弟的说法，吴谢宇在2015年弑母后找他骗了50多万元，他那时的生意本来就陷入困境，这一下子被彻底击倒了。这所房子的邻居是吴谢宇的前姨父刘裕宗，两家真是一墙之隔。刘裕宗与谢家三姐弟是同龄人，从小一起长大，后来娶了谢天琴的妹妹。但是，2012年刘裕宗与谢家姐弟闹到了难以相处的地步，他离婚后净身出户，当谢家建房需要他作为邻居表示同意时，他拒绝了。不管是哪种说法导致了房子停工，这座裸露的"废墟"，似乎成了谢家悲惨命运的一个外显的标志物。

谢天琴的父亲谢又麟于20世纪20年代出生，中华人民共和国成立前考到台湾师范学院，去台湾读大学在当时是不少福建莆田和仙游学生的选择。莆仙地区离台湾较近，水路交通方便。那时福建的大学不多，去台湾上大学反而方便，台湾大学、台湾师范学院、台中农学院和台南工学院等院校有不少福建莆仙地区的学生。1947年，谢又麟和他的一位老乡在台北被发展成地下党员，还在学校组织了历史研究会。中华人民共和国成立后，谢又麟到了山西一所大学任教。

"谢家祖上是大族，海外亲戚很多"，邻居们现在也这么评价谢天琴家。后来据谢又麟晚年口述，他父辈的亲戚曾任国民党福安、福清、仙游县的县长，他有表兄弟曾任国民党军官，在抗日战争中为国捐躯。可是，在20世纪50年代，因为谢又麟在台湾和福建联络过的党员中有国民党的特务，所以他也遭到了怀疑。当他从山西那所大学被送回仙游老家的时候，双眼瞎了。谢又麟后来跟女婿刘裕宗提起过这段经历，说他在审查中被怀疑得太厉害了，承受不了压力，自己戳瞎了眼睛，以证清白。年近40岁的知识分子成了残疾人，回到仙游县城那座黑乎乎的七八十平方米的平房里，连生存都很艰难。双眼失明堕入的黑暗与心理上遭受的重创，一起成为这个家庭叙事的起点。

成家的事，是谢父的姐姐张罗的。谢家亲人在海外生活的不少，但在那个年代，华侨身份也是一重罪行。只有这个姐姐，就生活在仙游，离谢父住得近。但她也是被批斗的知识分子，帮不了弟弟更多，帮他成个家可能是让他在那个年代有动力活下去的唯一办法，也是他们在当时与命运抗争的唯一出口。

县城的生活条件总比大山里好，她托人找来了一个山上的盲女，比弟弟小18岁，让人抬下山成了亲。邻居们记得，谢天琴的妈妈个子矮，胖胖的，一米五左右。她有时候在门口坐一坐，因为眼盲，也没人给她打招呼。谢家老房子的门口比较窄，进去是三四间房子，里面特别暗，很旧但挺干净。

谢天琴出生后，妹妹和弟弟接连出生，可能是谢父将近40岁才成家，生育的任务显得急切，姐弟几个的岁数都挨着。

一个夫妻俩都是盲人的"右派"家庭，在物质匮乏的年代，是靠什么活下来的？据谢家人后来说，谢又麟母亲留下来的家底，是他们的主要依靠。谢家这段时间变卖过书画和家具。1967年出生的谢天琴，遭遇的是十年"文化大革命"的开端。特定的环境虽然只是历史横轴上的一个片段、一个小横切面，但是对于困在其中的人来说，就是一生中漫长的时段。谢家的艰辛，一方面来自"右派"家庭在政治年代遭遇的残酷斗争，另一方面来自盲人夫妇带着三个孩子的艰难为生。今天上了岁数的邻居提起这个家庭，仍然发出"非常可怜"的感慨。在邻居的印象里，这对盲人夫妇虽然事实上丧失了劳动能力，但总是双手举在胸前，左右移动着手，迈着小碎步不停地挪动。

他们能做什么家务呢？好像总是在摸索着做卫生——擦桌子，擦门，擦了这里再擦那里。或许这是一种没有办法安心静气的体现。他们想做些什么，但是在肚子都吃不饱还要时不时挨批挨斗的年代，他们能做的，实在是太少了。谢天琴的弟弟六七岁时就得去家旁边的深井打水。一次打上一点点，挑回家里，再去打。有时候好心的邻居会帮忙，一次提满一桶送到谢家。

谢天琴三姐弟之后，夫妻俩又生了一个男孩，送人了。贫穷的家庭在那个年代把女孩送人不算少见，但是按照当地的乡风习俗，男孩是必须由父母亲自抚养的，他代表着家庭多一个改变命运的希望。把男孩送人，是这个家庭再也供不起一张嘴的无奈，是一种让当地人震惊的选择。但是人们也说，这也说明谢父到底是个不同于一般人的读书人，不像乡邻那样重男轻女，他留下了女儿，后来还供养她们读书。邻居们现在回忆起谢父，也是评价极高："孩子遇到不会做的作业，念出来，他爸爸辅导。我们都很吃惊，两个盲人能把孩子带这么好。"

守住尊严

谢家所在的县仓巷，距离福建现存的四大文庙之一——仙游文庙不远，谢天琴中学就读的仙游一中，离家也不过一两公里。1943年中共福建省委机关南迁仙游，仙游县党组织承担了保护省委、保障供给、打通交通线的重要任务。仙游文庙，就是仙游学生革命活动的重要据点。

谢父曾经经历的世界相比于县仓巷的左邻右舍来说，确实是另外一个天地。这个当年意气风发的年轻人，游历过外边的世界，坐火车去过不少城市，对历史十分醉心。我们找到的谢家几户老邻居对谢又麟的记忆基本都在"文革"后期。这一片的住户既有城市居民，也有农民。后者在生产队里几十个人一起劳动，他们回忆起那段集体劳动的日子，觉得一起说说笑笑，精神上倒是一点也不孤独。谢家是城市户口，这对盲人夫妇很难与人来往，三姐弟也深居简出，他们没法通过劳动这个途径融入邻里生活。

1967年出生的谢天琴是父亲遭遇重大不幸后的新生命,她幼年时是否目睹过父亲被批斗的场景?父亲到底是一个值得尊重的有理想的人,还是一个任谁都能唾骂的罪犯?对于他冒着生命危险为地下党工作的家国情怀和他作为知识分子的刚烈,到底应该予以什么样的评判?在这一重重疑问中,年幼的谢天琴,该怎么面对内心受到的冲击,又该如何面对家庭带给她的与生俱来的羞耻感呢?

谢天琴三姐弟中,1968年出生的妹妹性格稍微外向一些。结婚后她才向大家说起,从小姐姐就不让他们跟外人来往,谢天琴说,"我们这样的'右派'家庭,还是盲人,就别出去给人看笑话了"。谢家的门总是关着的,偶尔开着时,邻居如果经过,谢天琴就会把门关上。三姐弟里,似乎只有她承受了家庭历史最深的痛苦。

谢父留给邻居们的印象是开朗和智慧的。谢父熟悉历史,他头脑里的历史故事层出不穷。在知识匮乏的年代,他成为这一片孩子们的精神资源。"四序有花常见雨,一冬无雪却闻雷",仙游县城的平均气温在20摄氏度,邻居们回忆起来的场景是,温暖的傍晚,谢父在家门口的椅子上坐着,孩子们环绕周围,津津有味地听他讲故事。孩子们遇到不会做的作业,大声念出来,谢父作答。附近的孩子从他家经过,跟他打招呼,他总是大声说"好好念书啊,好好念书"。一旦谢父就某个事情发表看法,那种出口成章的风范,更是加深了邻居对这个读书人的敬意。虽然眼睛已盲,但是他胸中有气象,有沟壑。

谢父的自尊也通过一件事情让邻居印象深刻。那时每家门口都有排水渠,顺着街道延伸开去。有一次,谢父俯下身,一点点用手掏排水渠里的垃圾,他不是只顾自家门口的排水渠,也清理了邻居家的,大家至今还记得。

等谢天琴向同事简单地提起这段经历时,谢家已经迎来了解放的时刻。谢父的"右派"身份得到改正,山西那所大学的人来到仙游县仓巷的老家,这在街巷邻居间是个稀罕事。以县处级干部身份拿着离休干部的工资,这是对谢父的一种最终认定。

"右派"身份获得了改正,物质上也得到了补偿,那段作用于谢家的痛苦似乎就此终结了,就像按了一下关灯键,光线消失,什么都没有发生。邻居们没有直接目睹谢父的痛苦,或者说,他极少外化出来。一天中的24小时,谢父讲故事的时光只是他放松时的一种状态。每一家人关起门来的生活,每一个人面对痛苦时的内心状态,他人难以完全知晓。谢天琴作为长女,她敏感、收缩、内向,似乎成了家庭命运的直接承载者。她在某种程度上继承了谢父的衣钵,成为中学历史老师,是三姐弟里最有出息的,但谢天琴在邻居中的存在感特别低。从小到大,除了上学,她不出门,也不与人来往。高三复读一年后考到苏州读大学,这是一个人成长中的标志性事件,也是人情往来的重要时刻。谢天琴遇到这样改变命运的喜事,不请客,也不言语，悄无声息就离开了家乡。她表现出一种高度自洽，没有任何外在的人或物，是她需要依傍的。

而邻居们说，大家在这里生活了这么多年，儿女结婚都会互相摆几桌酒。谢又麟的儿子和小女儿的酒席邻居都参加了，但是"大女儿结婚我们是不知道的，后来她老公去世了我们也不知道"。

外部世界和人情往来，是谢天琴一直竭力躲开的。他人的存在，带来的是对父亲的批斗，是父亲的眼盲，一个知识分子终身的壮志未酬，一种斗争关系中的苦痛。

吴志坚的"债"

谢天琴大学毕业后分配到铁路系统的学校，这种"铁饭碗"使她不用被投进社会的旋涡中与各种规则碰撞。尽管从她毕业的1990年起，中国经历了高速的经济发展和深刻的社会变迁，但她在学校里的生活和运行规则没多少变化，老师们收入不算高，但也从来不用为工资操心。

但婚姻把谢天琴拽入吴家，这种亲密关系的建立对谢天琴的性格仍然提出了磨合的需求。吴家在离仙游县城十几公里的农村，仅从地理位置来看，两家距离不远，乡风习俗基本互通。但是，被谢天琴排除在外的人情社会里的各种羁绊，在吴志坚的人生里，却是支撑他成长的坚实之网。

在仙游，几乎每个人从懂事起就知道"祠堂"的存在。家族祠堂最初大多是先人故居，俗称"祖厝"，后经改建演变为祭祖的"专祠"。吴志坚所在的度尾镇潭边村是个典型的仙游村落，历朝历代在民间沉积下来的信仰和仪式，在这个闽中丘陵地区的农业村落保存较好。吴家祠堂是潭边村吴姓族人举行重要仪式的公共空间。人们敬神事鬼，个体和家庭、个体和宗族、家庭和宗族、个人与神灵鬼魂之间，建立起重重联系。中国传统价值观念里，对一个个体的要求，就是在这蜘蛛网般的人际关系里，耐心经营搭建，并且巧妙地维持着平衡。

在吴志坚父亲这一代，吴家在村里是非常出众的家族。吴志坚的父亲是几百人村子里的大队书记，吴志坚的一个伯伯在县工商局，一个叔叔在福州铁路局，都是吃上了公家饭的人。从几代人的发展来看，这个家庭因为疾病迅速下滑，而不是随着改革开放的发展机遇越走越顺。

吴志坚从小的命运因为父亲的去世发生了翻天覆地的变化。1975年，39岁的父亲因肝癌去世，老大阿花虚岁12，吴志坚9岁，下面还有两个妹妹，一个5岁，一个2岁。妈妈肚子里还怀着一个7个月大的女孩，后来生下来就送人了。父亲这么一死，妈妈被说成"克夫"的人，一家人也因为"家族不旺"被邻居看不起。

吴谢宇的大姑阿花个头不高、皮肤黑黑的，一看就是终日操劳的人。当她向我们讲述时，一直低沉地抽泣着。

2022年夏天，在吴志坚朋友张力文的陪同下，她同意在张力文亲戚家与我们见面。她家就在这附近，但是她害怕被人知道，也害怕记者作为陌生人去她家被邻居看见。2016年吴谢宇弑母的惨案暴露时，她老家的房子被一拨拨的记者围堵，还有各种陌生人。阿花跟我们说起话来小心翼翼的。她能说普通话，但说着说着就望向张力文，口音也就变成了莆田话，张力文只好再翻译一番。好像阿花这样做，就能为自己增加一层保护壳。讲到过去的生活，她仍会不时地呜咽，要强忍着情绪才能平静下来。

吴家的故事，是家庭里男性的一再损失，带来命运的一次次颠覆、下沉：吴志坚作为家庭唯一的男孩，1986年考上福州大学，使整个家族获得了新的希望，却于2010年因肝癌去世；2012年吴谢宇考上北京大学，成为比他爸爸更大的骄傲，却沦为弑母凶手。

以前的日子不堪回首。父亲的去世，使阿花12岁便挑上生活的担子。母亲要去公社干活，阿花放学后赶回家做饭，背上背着两岁的小妹妹。她个子矮，去农田里干活，稻子长到她的腰间。同样的活儿，别人赚四个工分，她只能算三个。树下的松针要去抢，草也往家里捡，晒干后投到灶台里烧火煮饭。大年三十，她还在带着弟弟妹妹剥甘蔗皮，把甘蔗头掰开，切碎了给牛当饲料吃。

父亲当大队书记时给人算工分，有些人觉得不公平，现在反过来笑她们一家是遭报应。即使是现在说起这段经历,过去了四十多年,阿花还是会哭:"落差非常大,我妈脾气也变得差起来,容易发火。她在外被人欺负,就会在家里哭,我们都看到了。有一次,我忘记因为什么事了,母亲追着我打,我跑出去躲在地里。"

父亲去世不到半年,阿花就辍学了。当家里条件变得穷苦,整个家庭的资源便迅速向唯一的男孩倾斜。对母亲和姐姐来说,吴志坚好好读书是这个贫苦家庭唯一的出路。父亲去世的第二年,妈妈再婚。婚并不是妈妈想结的,而是吴家大伯和叔叔张罗的。他们看这一家人太苦,怕妈妈带着孩子们跑了,家里留不下人。找个上门女婿,妈妈就跑不了。阿花说,妈妈是从大山里嫁出来的,娘家一点都帮不上,妈妈没有选择,只能接受吴家的安排。

按当时的情况,愿意做上门女婿的人,要么家庭条件很差,要么身体很不好。按阿花的说法,吴家这个继父,既身体不好,也不愿意干活,生性非常懒散。所以,这家人不仅日子没过得更好,还多了张嘴。妈妈后来和继父生了一个女儿,高烧后医治不及时,留下智力缺陷。

在这样的家庭里,吴志坚被看作唯一的希望。他性格乖巧,不惹妈妈生气,从没挨过打。阿花不讳言,家里非常重男轻女,她也是爱护弟弟的一员,鸡鸭下的蛋,都是给弟弟补身体。

吴志坚回报家庭的方式就是一心一意读书。妈妈经常跟他说"你要好好读书,不读书就会被人欺负","要出人头地"。阿花如今回忆起弟弟成绩好,仍是很得意:"我弟弟那时读书很认真,初中的时候就学习到十一二点。三好学生的奖品是文具盒,我记得我弟弟能得到不同的文具盒。"

阿花13岁就出去工作了,这是一家人保吴志坚读书的代价。在县里工作的叔叔帮忙,给阿花在国营食堂找了份工作,可她个子不到一米四,体重60多斤,人家一开始不敢收,阿花谎称自己16岁。有时候凌晨三点就要起床帮忙做早餐,一整天都在洗碗,中午休息一下,一个月二十四块五的工资。阿花非常满意,她每个月留下一两块,剩下的全给妈妈。一周能休息一天,她不休,攒着一个月休四天,用这四天回家帮妈妈干活。

"我记得我出嫁的时候,夫家给了800块钱聘礼,妈妈全部拿去给继父看病了。我那时攒了500块钱私房钱给我妈,让她当作我的嫁妆,我想在夫家有面子。"

阿花讲述时一直哭。她自己早年的命运,也可归结为一句话:在她妈妈带着几个孩子艰难维生的日子里,她作为老大是最苦的。

但这种"牺牲—回报"的吴家模式,在谢天琴姐弟之间并没有发生。熟悉谢天琴的人知道,她不是一个有同理心的人,既没有理解他人的愿望,也缺乏这种能力。在过去的苦难生活中,她似乎关闭了自己的感知系统。谢天琴寄情于书本，她在日记里提到非常喜爱林黛玉，或许林黛玉那样的虚幻人物是安全的，是与她有联结的，而真实生活中的人是不可控的。

吴志坚与家人、族人之间则有一种不言自明的默契：他学习生涯的结束，就是反哺家庭的开始。妈妈需要他养，姐姐一家他要报答，两个妹妹，一个精神上有些问题，另一个智力有缺陷，都要他负担。大学毕业，他的人生进入新阶段，有了新的责任。这种责任就像一个会自动生长的有机体，随着时间的推进，社会普遍的物质发展带来人们欲望的提升。在20世纪90年代的社会上升期，每个人都抱有生活应该越来越好的期望，吴家也不例外。

但是吴家的负担其实在不断增加。吴志坚的二妹被精神病院诊断为精神分裂症多年，至少从2008年开始就不断住院治疗，按照吴谢宇二审辩护律师提交的材料，这位二妹"常自言自语，自哭自笑，称一出门邻居就对她议论纷纷，常四处游走，不敢回家，称妈妈、姐姐会害她，在她吃的食物里面下毒；能听见神仙跟她说话，称天上有鬼神，自家的大姐也在天上等……动手打其母亲，称母亲想害她"。

但吴志坚从不向人倾诉自己的难处。随着他考取福州大学，在国企里谋得一份前途，他成为村子里极少数靠读书跃出"农门"的人。20世纪80年代的大学生还很稀罕，再回到农村时他就拥有了类似乡村精英中的士绅阶层的身份。回馈乡里,是莆田人非常看重的规范。当我们去回访谢家在县城的家,在附近的街巷兜兜转转,就能看到不同姓氏的祠堂。在石碑或墙壁上,人们会刻上为村子、宗族捐钱的记录,写下捐钱人的姓名、捐钱的额度。农村人更在乎这种传统,吴志坚的出众发展,是全村人的荣耀,也意味着他除了满足大家庭发展的需要,也要发挥"乡贤"的作用。

大姐阿花由吴志坚的恩人变为了他新组建的小家庭的恩人。吴志坚接下来努力的目标主要是带动农村一大家子的生活,而谢天琴的目标是在养育孩子的同时做好个人发展。

谢天琴多数时候都在单打独斗地带孩子。在婚姻初期略显明朗的心情,随着家庭责任的加重一点点暗淡下去,她要考虑的事情越来越多。吴谢宇上小学后,谢天琴的时间终于多出了一点点。小学离家两公里,学校对面是铁路系统的宿舍楼,吴志坚在铁路工作的叔叔就住在这里。中午,吴谢宇到叔公家吃饭休息,叔公家有事就把他送到其他人家,这样谢天琴不用中午匆匆忙忙照顾孩子。

刚刚轻松一点,同事发现,谢天琴就开始自学法律上的课程。她似乎没有现实的目的,而是学习本身使她能够更多一点成全心里的自己。谢天琴话少,一旦开口语气也坚硬,但这种沉默里边暗含一种坚韧。谁都能看出她要强,也多少理解她的不易:如果不要强,那么苦的家庭里,她是怎么克服重重困难,独自前行出来的?时间是谢天琴为数不多的能够掌握的一种资源,一种自由。从小,她就和各种不得不承担的责任在抢时间。

谢天琴对物质的要求很简单,比起琐碎的家务活,她更看重精神层面的内容。在马老师看来,谢天琴不聊家长里短,喜欢聊时事、哲学、文学,"与她聊天,还是很有些内容的,和这里一般的人不一样"。这也是马老师很看重谢天琴的一个原因。

谢天琴对命运的恐惧和不安，随着丈夫病情的加重，似乎被进一步验证了。吴志坚也没法摆脱遗传病带给他的灾难。曾经明显上升的小家庭，那种往前发展的趋势，终止了。

第三章

疾病和封闭

不可谈论的肝炎

吴志坚的肝炎带给小家庭的压力,外人很晚才知道。吴谢宇后来一直说,爸妈没有告诉他真实病情,直到父亲去世,他都不知道父亲不行了,也不知道是肝癌,他没有任何心理准备。

在70平方米洁净的家庭空间里,吴志坚的疾病就像房间里的大象,都看见了,但是没有人去坦率地谈论它。吴谢宇看到的是,妈妈早上五点多就起床,忙到晚上九十点睡下。"妈妈最讨厌医院消毒水的味道,却不得不每周带着爸爸去医院。"吴志坚总是在喝药,自嘲是"药罐子",吴谢宇认为妈妈总是看起来很累。

吴志坚的父亲39岁去世,给他们一家带来了颠覆性的改变。吴志坚太了解如果家中顶梁柱的男性英年早逝，家族命运会遭遇什么。仙游老家还有一大家子等着吴志坚来托举，他本来在事业上有很好的前途，现在却什么也做不了，这些内心痛苦他几乎没有向人倾诉过。

谢天琴本来就认为自己的命不好，随着父亲"右派"身份的改正、她通过高考改变命运和在福州建立小家庭，终于迎来了命运的转机。而丈夫的肝炎以一种不断加重的趋势在发展，未来不再值得展望，它很可能变成这家子"孤儿寡母"的苦难，成了等在前头的深渊。谢天琴在情感上一直牢牢抓着老公和儿子，现在对命运的恐惧再次被勾起。她后来向马老师提到，他们一家是怀着战战兢兢的心情，守着吴志坚度过了40岁。

在吴志坚生病的日子里，夫妻俩对病情一直守口如瓶。阿花说她一直不知道弟弟有肝炎，只是看他的面色总是黑黑的。事实上，大姐不知道病情的可能性太小了，大姐的儿子阿勤有一段时间住在吴志坚家，好几次吴志坚回家晚了，谢天琴不开门，阿勤想开也不让。谢天琴对吴志坚在外边参加酒局应酬非常不高兴，其中一部分原因应该是怕吴志坚病情加重。吴志坚后来跟朋友说过，北京来的领导喜欢喝白酒，他不喝不合适。

病耻感折磨着吴志坚和谢天琴，吴谢宇被隔离在信息之外，谢天琴把自己的一部分恐惧，化成让小宇少接触爸爸，觉得这样保护了孩子。但家里的氛围让孩子实际上很不安。"我从来都极度自卑，没有自我，没有主见，于是我总是在模仿，我在书本里、屏幕上看到一个主人公，我就情不自禁地想要模仿。"

谢天琴的自卑，是有实实在在客观原因的。而吴谢宇作为下一代人，从小在城市长大，爸爸妈妈是20世纪80年代为数不多的大学生，他从小聪明伶俐，哪里需要自卑呢？他幼小的心灵其实一直承担着妈妈的情绪。妈妈看上去总是不快乐的，吴谢宇从来不敢问，只能猜是不是自己哪里没做好，又让妈妈不高兴了。

吴志坚担负的责任一点也没有减少，他的收入有相当一部分要留给大家庭。他在2008年左右跟关系亲密的人提到，每年回老家，除了给自家人钱，还要给村里老人钱，至少得一两万元的花销。大姐一家是吴志坚惦念的重点，他职业生涯里发展的关系有相当一部分用来给大姐一家谋出路。吴志坚一度瞅准单位食堂承包的机会，让大姐与朋友合伙，拿下食堂的经营权。有同事在外地发展了业务，他疏通关系后，把这块业务的物流生意给了姐夫。姐姐、姐夫没有文化，缺一技傍身，谋生之路总是随着各种外在环境的变动在起起伏伏。

吴志坚搭建各种关系，只要能解决姐姐姐夫暂时的生存问题，他都不惜力。这方面张力文很肯定吴志坚的能力，说吴志坚轻易不求人，但跟人打交道也不怵，虽然出身于农村，"但他跟领导打交道很自然，不卑不亢。像我

第三章　疾病和封闭

总是躲着领导，不自信，我还挺佩服他的"。

吴志坚最小的妹妹有智力缺陷、精神不正常，吴志坚帮她找了外地电工张明，做吴家的入赘女婿。张明一家也靠着吴志坚的接济，每次吴志坚和谢天琴带着孩子回家，张明都表现得特别热情。有一次他花20元买了盘肥肠，吴志坚温和地教育他，花钱还是要节约，细水长流。吴志坚还负担了张明两个孩子的很多开支，谢天琴从来没有公开表示过抱怨，所以虽然她态度上总是比较冷淡，但张明对她也很感激。

2008年，因为病情发展，吴志坚接受了一次介入手术。第二年，他关系非常好的一个朋友患癌，在福州一家医院被医生判了"死刑"。另一个朋友陆国鹏早些年下海做医疗生意，医疗资源很多，经过各种比较权衡之后，陆国鹏为这位朋友找到上海的一家医院做了手术，相当成功。知道这件事情后，吴志坚也找到陆国鹏，讲述了自己一年前做介入手术的事情，那时候还只是肝硬化。可现在自己新的诊断报告出来了，是肝癌。张力文和陆国鹏这才知道吴志坚的病，很吃惊："都得病这么多年了，平时我们聚会也不吭一声，做手术这么大的决定，也不到处寻求信息！"

2022年夏天在福州向我们讲起这件事，陆国鹏还是惋惜，"我当时就骂他，怎么不早一年来找我？从肝硬化到肝癌是非常关键的一个时间段。如果他2008年的治疗方案选得好，可能不会走那么快。他这个人，太不愿意麻烦别人了"。陆国鹏急得骂他，吴志坚只是不吭声，他那时候看着状态还可以，陆国鹏没有预料到他后来病情发展那么快。

2008年，转折点

谢天琴和吴志坚的小家庭曾经在朋友中比较领先。1998年，他们就在福州市区和郊区各有了一套单位福利房。调到南平铝厂在马尾的分厂后，吴志坚一开始在基建部门，与分管的副厂长关系不错，工作能力也强，成了基建科经理。2008年吴志坚的病情严重了，被调到安防部当负责人，管理安全生产和厂里的门卫，比过去要边缘。吴志坚仍然在为姐姐一家谋出路，他把姐夫弄到厂里当了保安。张力文说："吴志坚基本上也只能做到这些了，他也没有多大的权力。"

吴志坚仍然是工作和朋友圈子里比较活跃的一员。他喜欢穿花衣服，在同龄男性中并不多见。以他为中心的好友圈有十几个人，吴志坚很乐于组织大家聚起来，陆国鹏也感激他的付出："他做事的风格，就是他都包了。只要大家愿意聚会，里边的细节都是他考虑，哪个时间大家都合适，去哪个地方大家最方便，他都会给安排好。"等到朋友们聚在一起，他话不多。张力文说，事后回忆起来，他才意识到吴志坚也是个要强的人,"好的分享,坏的从来不说"。他是朋友中的倾听者,很少提自家的事情,所以朋友们一直认为他没有什么困难,家庭生活也很和谐。

2008年前后,吴志坚将马尾78平方米的福利房卖了,换了一套98平方米的房子,那时的房价每平方米3700元。他还买了一辆北京现代的车,这样上下班不用坐班车。表面上看,他们的生活仍然是向上的,但马尾那套房子是吴志坚用贷款置换的,这笔贷款后来成为谢天琴经济上的一个压力。这一买一卖,只需要补20多平方米的差价,可他们还贷款了二三十万元,吴志坚还找朋友借了一些钱。

吴志坚在度尾镇的老家,仍然是全村最穷的土坯房。有着光宗耀祖愿望的吴志坚,如果稍有点经济能力,他不会不在老家建新房。陆国鹏1994年下海经商,几年后回老家盖了新房,"我们这些人习惯有钱了回家盖房,给父母改善生活,也是给自家挣个脸面"。

莆田人在过去二三十年的市场经济中,一度被誉为"中国的犹太人"。莆田人"垄断"了全国不少细分门类的生意,比如加油站、金银加工、民营医院、制鞋等。但在"莆田人"这个大概念之下,不同地域的莆田人又表现出不同的特点。改革开放前,因为地理资源的不同,平原的莆田人生活最好,大山里的莆田人差些,海边的莆田人生活最苦。越苦的人越思变,所以几十年市场经济发展下来,海边的莆田人建立了不少"商业帝国",反而像吴志坚这样生活在平原的莆田人，整体变化没有那么大。

吴志坚所在的仙游，1983年与莆田县合并，成立了莆田市。仙游人和莆田人在相当长的时间内都认为彼此的气质不同，仙游人自称"海滨邹鲁"，文化气质强，不太认同莆田人闯荡商业社会的特点。吴志坚所在的度尾镇，尊重读书人，很少出商业强人。和下海经商的朋友比，吴志坚显得保守，他安心在铝厂发展，从来没有想过自己创业。吴志坚的朋友圈子里，有些人抓住机会下海了，发展得很不错。

而文化程度不高的谢天琴的弟弟谢天运，在2006年也发了家。在莆田各个区域里，仙游的经济发展相对比较晚，但最终等来了红木生意的红火。现在去仙游，能在公路边、镇中心看到各种红木加工的商铺，形成了仙游的一个重要产业。谢天运结婚后，和老婆家的三姐妹一起做红木生意，2006年左右挣到了钱。谢天琴的妹夫说，谢天运那时候很快有了千万身家。仙游的老县城沿着木兰溪而建，谢天运在那里新建的高层小区买了一套150平方米的房子，带着老母亲住了进去，成为县城新贵的一员。

弟弟变得有钱了，但谢天琴心里并不开心。她在日记里指责他"有了几个钱就认为自己了不起"，说很讨厌人和人之间都是金钱关系。谢天琴对周围人的防范心一直比较重。她刚参加工作不久，弟弟入伍，照顾盲人父母的任务留给了妹妹两口子。她写信提醒弟弟，要提防妹夫刘裕宗占自家的房子。刘裕宗无意间看到了信，非常生气，当天就要搬出去，以证清白。谢父苦苦挽留，说："我们老两口要是没有你的照顾，那过的是个什么日子？我的房子愿意给谁就给谁，你不用在意。"

2008年、2009年，当身边的家人朋友都在各种机会中一路向前的时候，吴志坚和谢天琴小家庭的发展势头停滞了。

吴志坚2010年去世后，谢天琴在写给他的信里提到了自己的失落。她抱怨自家一直住在一楼，灰尘多、蟑螂多，二楼是可恶的退休领导。从她生活的福州火车站那一片的客观发展来说，漂亮的高层住宅越盖越多，"铁二中"的宿舍楼逐渐显得破旧了。"住在这套老房子，我的心情异常苦闷，原来我们有机会离开的，现在你走了，一切希望都成了泡影，现在寄希望于小宇，希望我们的儿子长大后远离这套房子，远离这座曾萦绕我们苦难的城市，远走高飞。"

大家庭的重担

朋友聚会的时候，吴志坚仍然会抢着买单，虽然大家真让他出钱的时候不多。不管是张力文还是陆国鹏，都是从农村靠着高考走出来的，和吴志坚特别惺惺相惜。陆国鹏说，高考对他们这些穷孩子是最公平的，让他们"能从穿草鞋变成穿皮鞋"。他们也肩负着把一大家子从农村带到城市的责任。但细细比较起来，他们的负担比吴志坚轻很多。

张力文的老家在仙游的大山里，家里的田地是一小块一小块的梯田，窄的一米五，宽的不过两米。他的父母只靠种这几亩田，根本养不活家里的五个儿子和一个女儿。初中住校的时候，张力文要沿着山路一圈圈地走上四五个小时才能到家，背上一点咸菜，回学校勉强能凑足一周的伙食。

张力文的妈妈能干，"文革"期间也偷偷砍芦苇编成席子卖。他爸爸初中毕业，是大队会计，空闲时到山上砍木头，再做成锅盖卖。等张力文的大哥、二哥高中毕业后工作，家里的生活一下子就改善了。1983年，他家的土坯房重建了院子，90年代建起了楼房。

张力文1987年上大学时，他的两个哥哥在泉州做建筑工，妹妹也开始打工了，挣的钱资助他读书。等到张力文开始工作，借着在铝厂做销售的机会，他在外边成立了运输公司，后来直接把公司给了大哥。2003年，张力文结婚生孩子，他让妹妹来自家给他们带孩子做家务，一年给妹妹5万元。二哥做橘子生意，每年资金需要周转的时候，张力文就给他垫上。二哥一般是10月要钱，第二年4月还给张力文。在张力文的资助下，二哥的生意也做起来了。弟弟相对来说没那么争气，张力文给他出学费拿到了厨师证，帮他找各种出路。"我考出来了，得给家人想各种办法，整个家族就被我拉出来了，这样一代就比一代好。"张力文的老婆是城里人，不太理解他所谓的家族责任，"三观不一样"，但是在经济上从来不拦着他。

陆国鹏作为从农村考出来的人，高考的时候为了求稳，即使高出重点线60多分，他也没去报北京、上海的好学校，因为怕滑档，怕错过高考改变命运的机会。他家五个兄弟姐妹，三个考出农门，"一个带一个，就都出来了。几个孩子分担一下，担子都挑得起"。

作为吴志坚非常亲近的朋友，他们并不知道吴志坚一个人挑起大家庭的困境。陆国鹏说，之前他们在一起，状态都很积极，说的都是正能量的事情。他认为，吴志坚不讲困难，是因为讲了也没用。"当你跟一个人倾诉的时候，是希望对方能够帮你化解，对不对？"

但是吴家的状况，其他人不可能长久地帮忙，正所谓帮急不帮穷。或许这也是吴志坚直到去世也没有向任何人托付什么的原因。

作为儿媳的谢天琴

谢天琴对于怎么处理婆家那边的关系，有她的各种苦恼。吴家的媳妇、吴志坚的妻子、小宇的妈妈和谢天琴这个个体自身，这几个身份如何平衡？她的选择是，把这种责任和物质付出画上等号。物质上的付出她做得到，也不太计较，但情感上的付出她只能给亲密关系中的丈夫和儿子。

住在楼上的马老师成为她的知心人。谢天琴的盲人妈妈几乎没有社会交往，没有能力告诉女儿怎么应对成家之后的各种复杂关系。随着婚姻关系的建立，谢天琴被拉入这张以吴志坚为中心、层层向外辐射的关系网。这个小家庭成为养分制造者，要全方位向大家庭和宗族输送养料。

阿花的儿子阿勤过来读初中，住在谢天琴家里。阿勤不是个爱读书的孩子，还特别调皮。根据谢天琴曾经向马老师的倾诉，因为阿勤不好管教，校长总是找谢天琴告状。吴志坚早出晚归，侄子吃喝拉撒的琐事，也是谢天琴照顾。把侄子弄到家里吃住，对很看重家庭封闭空间的谢天琴来说，是个不小的挑战。吴谢宇也很少经历与爸妈之外的人相处。与家里来的客人相处，是每个人从小在不经意间学习和模仿交际能力的机会。但对谢天琴来说，这些都是挑战。

谢天琴感到很苦恼，问马老师该怎么办。马老师坚定地说："送回去！你是舅妈，孩子管好了跟你没关系，管不好了，都是你的错。"

谢天琴向马老师讨到了这个"方子"，但是该怎么跟丈夫商量，她是直说了，还是开不了口？两个人为此有没有发生冲突？外人不得而知。至少从表面上看，这事没有

第三章　疾病和封闭

闹得太僵，因为阿勤几年后到福州打工，又在谢天琴家住过一阵子。马老师记得阿勤读书这事，不太长的时间后，以他被学校开除为结局。

2022年向我们回忆起当年的借住经历，阿勤最深的感受是："没想到他家吃的喝的，也和我们一样。"言下之意是他本来以为舅舅、舅妈比他们过得好很多。他还记得有几个晚上，很晚了，他陪着舅舅一圈圈地在家旁边的操场上散步，舅舅的心事很难向人倾吐。

阿勤在这里住的时候知道谢天琴对家里的碗筷是规定好的，座位也各有安排。有时候他坐错了，小宇会指出来。阿勤不理他，小宇会再说一遍，"你这个座位坐错了"。阿勤仍然不理，发现"也没什么，就这样了"。谢天琴和吴谢宇都不是当面能够与人冲突的人，他们的内心活动很多，但是和别人的正面冲突基本不会发生。阿勤感慨，谢天琴和吴谢宇母子关系真好，他自己偶尔会和妈妈吵架，但是这对母子从来不会。

吴志坚性格温和，尽力回避和谢天琴产生冲突，但有一个"鸭子事件"，可以看出两人的摩擦。有一年，小家庭回仙游老家，吴志坚的妈妈杀了自家养的一只鸭子，给他们带回福州吃。谢天琴回到家，想直接将鸭子扔进垃圾桶。吴志坚不接受。两人妥协的结果是将这只鸭子送给楼上的马老师。马老师看到小两口脸色都不好看，知道刚吵过，不接下鸭子不合适。过了一阵子，她买了一件老人家穿的棉袄，让谢天琴送给婆婆。

对于谢天琴的反应，马老师认为她本来就有洁癖，不足为奇。她依然认为谢天琴是贤妻良母，"莆田人对女人的要求，就是听老公、听儿子的。我们从没看到她和老公、儿子吵过架，都是他们拿主意"。

或许，家庭里的每个人能够真的吵起来，对所有人反而是一种释放。

唯一的任务——读书

读书改变命运，这是谢天琴和吴志坚自己的人生现实，也是他们那一代人笃信的价值观。对孩子学习成绩的看重，成为这个小家庭的信念。吴志坚病情带给夫妻俩的压力、他的大家庭需要的支持以及谢天琴对人际交往的回避，都使得家庭氛围很难放松。吴谢宇在一审判决后写的自述材料里说，"我无法控制自己整天去猜去怀疑去揣测别人的心"。

如果是在一个情感自由流动、父母非常体谅孩子的家庭氛围中，他根本用不着总是去揣测别人的心。父母的不快乐，作为孩子的他没法理解，却不自觉地背负了父母的包袱。

吴谢宇对内在情绪的掩藏，似乎没人看出来。从小他就本能地感受到，展露情绪是一件有羞耻感的事情，妈妈极少显露情绪，也没有能力处理他的情绪。吴谢宇感叹自己如果是一台机器就好了，只用达成优秀的考分，而不用有作为人的喜怒哀乐、七情六欲。可他越想压抑情绪，情绪越成为他的负担，他在被捕后的自述材料里说："（即使）身体好多了，然后我都考第一名还当了班长，但我心里面还是天天在害怕在疑心，我从小到大最怕的就是被别人看不起。"

与谢天琴私交很深的马老师看到的家庭表象与吴谢宇的感受完全不同。她看到的是"谢老师宽松，甚至有些溺爱孩子"，但对吴谢宇来说，妈妈的爱背后有一种执着的要求，他必须要成为"第一名""最优秀的那一个"。

2019年吴谢宇被捕后，他跟一审律师冯颖提到，他特别想回到一家三口在一起的时光。但是一家人在一起有什么样的具体生活场景呢？吴谢宇又说不出来，只是说就是那种"我在做作业，爸爸在客厅看电视，妈妈在厨房忙"的样子。

当吴谢宇把爸爸妈妈的要求内化之后，大家看到的是一个高度自律的优秀孩子。2021年写给姑姑的信里，吴谢宇说："小时候还会和阿勤哥哥一起去放鞭炮，他带我出去玩，大了之后，我都是躲房间里看书，原来还会和阿勤哥哥他们玩游戏机、打牌、下飞行棋，后来都没有了。因为我心里天天越来越痛苦、越来越抑郁，对什么都提不起兴趣了，我就都在读书。其实我对读书也谈不上兴趣，我只是不停地在逼自己读书，我以为我考第一名妈妈就能开心、就能骄傲，我觉得我只是一台考试机器，我除了考试之外什么都不会，我除了考第一名之外一无是处。"

表哥很可能成了长辈们嘴里的"反面教材"，让吴谢宇进一步意识到，只有成绩好，才值得妈妈爱。谢天琴也跟马老师提过，不让小宇跟自己妹妹的儿子玩，因为这孩子"成绩不好，说脏话"。

曾经的小姨父刘裕宗观察到了，谢天琴其实对儿子控制很多。有一次回老家，读初中的吴谢宇找刘裕宗借手机用，说是给同学回个电话。谢天琴当即呵斥，觉得非常丢脸。

吴谢宇似乎只有回仙游，在姑姑家的日子是有生活情境的。在他写的几百页材料里，姑姑家才有充满人情味的生活。他很喜欢姑姑家炖的猪脚，特别香、特别嫩，他觉得妈妈做饭不好吃，但是爸爸告诉他，要体谅妈妈，妈妈累，以后不要说妈妈做的饭不好吃。他怀念姑姑和姑丈夏天一起给他用风油精抓背。有一次，他假期住姑姑家，问起刚刚吃的一道菜："这是什么菜啊，这么好吃？"姑姑才知道12岁的他是第一次吃菠菜。姑姑推测，弟媳谢天琴有很多讲究，可能觉得菠菜对孩子身体不好吧。谢天琴的弟弟说，姐姐除了看书，什么都不干，跟人家也是融不入的那种感觉。

谢天琴应该没有意识到，吴谢宇的童年在某种程度上复制了她的特点——没有朋友。这种没有朋友的局面，并不是"右派"家庭和艰苦的家务活带来的，而是谢天琴要求孩子一心一意读书，时间不要花在任何其他事情上带来的。爸爸相对让人放松，可爸爸在家庭生活中出现得太少。吴谢宇在2021年8月的一审法庭上，哽咽着说，"有爸才有家"。

从小到大的第一名，满足了妈妈，也给了吴谢宇一种舒坦的资本。他后来坦言，只要考第一，即使他其他方面做得不好，所有人也会对他非常包容。这让他内心逐渐变得非常自傲：自己能做到的，普通人做不到。

他说从小到大，他每天都活在一个自我封闭的小小世界里，爸爸妈妈提供了一个安全、温暖的家，"我窝在里面，不愿也不敢走出来"。课本和考试提供了一个"完全确定，一切都有标准答案、一切都可以在教科书里找到解答"的理论世界，他在这个理论世界里如鱼得水。小说和影视为他提供了一个完美的虚幻世界，在里面有"完美的主人公、完美的亲情友情爱情、完美的人生、完美的世界"，他沉溺在这个虚幻世界里，不愿也不敢走出来。

对老家的亲人，他只需嘴甜打个招呼，就不用管了，什么也不用付出，大家就拼命表扬他成绩好。同龄人都是竞争对象，考不过他，他也就懒得关注。吴谢宇提到，从小学到大学其实也有几个朋友是完全向他敞开心扉的，但是他对朋友却不吐露心声，他活在一种"自己能看透所有人看不到的东西"的自信里。一直到2021年面临一审判决的时候,他才反省到,他从来没有想过老家的舅舅、小姨、大姑是否过得好,他也从来没有问过同学准备考哪里的大学,想过什么样的生活。成绩好就能受到宠爱,他活在一种"完全以自我为中心"的生活里。

洁癖背后的尊严

洁癖——后来大家找到了这个词,对谢天琴的一些行为试图给予一个合理的解释。通过这种洁癖,谢天琴建立了一套由自己定义的规则,给自己的小家庭画了一个明确的边界。或许是因为在她成长的年代里,盲人父母总在摸摸索索地打扫卫生,把洁净等同于自己的尊严;也或许是在动荡的年代里,她需要用一些强迫行为来恢复对失控的世界的控制,以及她需要用这种行为来抵消内心的某种冲突和恐惧。但对于家庭成员来说,跟有强迫症倾向的人一起生活,会感受到很大的压力。因为这些规则是为处理她的焦虑而定的,对于其他人来说则是严苛的。

谢天琴没有表现出任何幽默的特质,她没有自我解嘲的能力,也就开不了玩笑。一旦笑话自己,那个本就风雨飘摇的自我,马上就会坍塌。高傲、冷淡、自尊,成为她最有用的武器,所以她总是显得寡言、干涩、紧绷。吴志坚的应对方法是更深地躲入自己的工作情境,以及需要为吴家大家庭谋利的生活里。

张力文印象中,谢天琴唯一的一次开玩笑是在青岛。那时候张力文仍在青岛分部当负责人,难得谢天琴联系他,提出希望和几个老师一起去青岛旅游。张力文热情地安排老师们在别墅里住宿,吃喝也招待得很好。谢天琴是高兴的,想开玩笑,但话说出来又显得生硬,"你现在有本事了,你是领导了"。张力文有些不好意思地笑了,他理解她,一个不擅长表达的人,开玩笑有些生硬,但张力文也能感觉到,谢天琴对于自己小家庭后来的发展,是感到失落的。

在家庭生活里感受到隔绝的吴谢宇,把心思倾注到了追求考分上。当他被捕后回忆起读书时光,得出的结论居然是:"幸亏我活在应试教育体系里,而我又恰好很擅长读书考试,在这体系里我考了第一名就万事大吉了……"

吴谢宇觉得开心的时刻不是来自他与妈妈的直接互动,而是听到妈妈在别人面前评价他乖,不用大人操心。"我从小一听妈妈和别的老师说'小宇很乖,学习很自觉,一点都不用父母操心',我就很开心,我觉得这是妈妈对我的认可,于是我尽全力不让妈妈为我操一点心,我尽全力装得一点问题都没有,一切OK。"让妈妈开心,似乎是一件困难的事。"唉,反正我就是从没能和妈妈交心,我总是在逃避,这就是我最致命的缺陷啊,我总是在胆小懦弱地逃避啊!"

父亲的病重和去世，使得吴谢宇更加执着地用第一名来证明自己的价值。考了第一名，他似乎就不用面对真实生活中的任何问题。

第四章

父亲去世与成为"宇神"

从上课调皮到"中考全市第二名"

吴谢宇在小学阶段虽然早已有了爱看书、知识面广的"人设",但是还没有给大家留下"学霸"的印象。马老师说,谢天琴在同事里算年轻的,其他老师的孩子们年纪要大许多,所以很少有人拿自己的孩子与小宇做比较。

要不要为他选一个好初中?谢天琴征求过马老师的意见,马老师说:"就在咱们学校上,离家近最重要,高中去好学校还来得及。"谢天琴所在的铁二中,在福州是排名比较靠后的中学,非常不起眼。

谢天琴的同事们对吴谢宇的印象仍然是调皮。马老师说:"他初二的时候非常皮。当时我们一个同事教语文,吴谢宇可能都会了,上课就跟同学讲话,对语文老师说话的态度很随意。语文老师就找到我，让我管一管。"马老师特意把吴志坚叫到自己家里，这是她仅有的一次与吴志坚面对面地长聊。马老师说："子不教，父之过。你得好好管管孩子了。你不要指望谢天琴，你要跟小宇好好谈谈。"

大家眼里看到的只是不善言辞的谢天琴。"放不下面子"，是熟人提到谢天琴的一个共同感受。而吴谢宇后来描述童年时，多次用"没脸"来形容自己。虽然看不出他做了哪些"没脸"的事情，但对"变成妈妈的负担和累赘""妈妈不要我"的担心和恐惧，成为他反复纠结于心的感受。

吴谢宇初二发生的这次谈话，马老师跟吴志坚分析，吴谢宇肯定是书本的内容都学懂了，"吃不饱"，所以要带他去外边学习，这样他就不会在课堂上精力过剩了。马老师见到谢天琴也说，小宇他就是上课都听懂了，坐那儿就不耐烦了。吴志坚开始参与一点儿子的事情，他带儿子去报了新东方英语辅导班。

读初三的吴谢宇成绩一下子变得更加突出了。他开始钻研奥数，马老师是数学老师，他有时候拿着竞赛题直接问马老师该怎么做。马老师说："这些都是竞赛题，不带这样突然问的。你如果有问题，弄个小本子给我记下来，我看完了统一给你回答。"吴谢宇还开始提前学高中化学，化学成绩突出。初三毕业的时候，新东方的老师说，吴谢宇如果去考英语，可以考到CET-4级。

吴谢宇在后来的回忆中很在乎的一件事是，爸爸带他去外边的辅导班报名时，跟人家提起儿子中考是福州市第二名，脸上的表情很开心。这让他心里更坚信一直以来的判断：只有成绩好，才能让父母开心。

但张力文并不觉得吴志坚很看重孩子的分数。2009年吴谢宇以高分考上福州一中，吴志坚从来没有主动跟朋友提过。朋友们也是听别人提起，才知道吴志坚的儿子这么争气。"见面了问他，他也就是平和地笑笑。"

第一名与"小傻子"

福建省最好的高中福州一中创建于清嘉庆年间，历史悠久。2003年学校在闽侯建立了新校区，投资近两亿元，实行全封闭式管理。考上这所高中后，吴谢宇住进了离家20公里的学校，开始了与同龄人朝夕相处的时光。

章昊凡是吴谢宇高一同寝室的同学，寝室是上床下桌，六个人一间屋子。吴谢宇整个高中阶段是绝对的第一名，章昊凡说："成绩第一是他最大的特点。他一般都会比第二名多20分左右，一骑绝尘的样子。有些同学哪怕不认识他，也都听过他的名字。"章昊凡的初中是所好中学，而吴谢宇来自排名靠后的"铁二中"，这更给他增加了传奇色彩，所以同学们称吴谢宇为"宇神"，有的同学比较崇拜他。

吴谢宇的学习进度走在前头,化学尤其突出,从高一到高三都在参加化学竞赛。章昊凡记得吴谢宇不怎么上化学课,专注竞赛。吴谢宇很愿意表现自己的能力,英语老师教马丁·路德·金的演讲《我有一个梦想》(*I Have a Dream*),他举手说"我想背一下",然后当场背了一遍。上历史课时,他有时会打断老师,把课文复述出来。"在成绩和聪明这方面,他比较需要肯定。"有一次,吴谢宇没有拿到年级第一,他就在政治课演讲时说要把第一夺回来。"我们一般演讲都是讲时事,不怎么讲自己的事,所以他那个演讲给大家印象挺深。"

吴谢宇对人有求必应,对同学的需求很热心,和一些学霸不爱搭理人的特点完全不同。"大家找他都是问学习上的问题。有的人是天然有亲和力,但他不大像那种,他很在意自己的形象,是在要求自己显得很热心。"吴谢宇大部分时间都在学习或者锻炼,男生们虽然也夜聊,但是在吴谢宇自律的带动下,他们寝室不熬夜,话题也放不开,章昊凡评价吴谢宇"比较有纪律性,情绪从来没有低落过,也从不求助于人"。在这种特点之下,吴谢宇好像是一个阳光下没有影子的人,"感觉他没有放松的时候,活得像个机器人"。

谢天琴在那一时期教的学生,为我们提供了另一个观察吴谢宇的视角。与人人羡慕的福州一中相比,温晴2010

年考上"铁二中"高中部，成为谢天琴的学生。"我们属于三类校，不会读书的同学一大把。进出学校的道路非常破，一到下雨更是泥泞不堪，走路得15分钟，所以面包车黑车很多，两三块钱一个人坐出去。我们那时可以吃食堂，但是食堂很差，所以就在街上吃，到处都是沙县小吃等各种小吃店。"

2010年温晴入学的时候，"铁二中"的张贴栏上还贴着吴谢宇2009年中考的喜报。温晴说，谢天琴讲话语气很硬，让人觉得是一种看不起学生的样子。"我们那时都叫她'卷卷'，她留着一个樱桃小丸子妈妈似的发型，独来独往没什么朋友。"

谢老师特别喜欢在课堂上讲她的儿子。"她说一个良好的家庭对孩子成长很重要，'我儿子是我手把手教育出来的，现在是年级第一'。"温晴说，"大家都觉得她儿子是天才，几乎每个老师都会在我们的课堂上夸他。但是有个老师说，哪有天才，都是勤学苦练出来的"。

每到周五，吴谢宇从福州一中回家，有时候温晴会看到他和妈妈一起。"可能是他妈刚接他回来，他个子高，他妈走前面，他低着头，在后面跟着。"有意思的是，温晴和她的同学们出于同龄人的敏感，仅仅通过这样的场景就有了不一样的感受。"我们给吴谢宇起了个外号，叫'小傻子'，觉得他妈对他肯定很严格。谢老师总说她儿子非常自觉，但我们一看就觉得她是严厉的、什么都包办的妈妈。"

从高中住校开始，吴谢宇每天都跟妈妈打电话。他用的是老式手机，不是智能机。他给妈妈打电话的主要内容是报账，当天吃食堂花了几块几，在超市买东西花了几块几。历史考试之后，他会打电话跟妈妈对答案。从谢天琴写给吴志坚的信来看，她也有报账的习惯，作为对每天生活的一种分享。章昊凡说，那时候他们高中生花钱的地方就是食堂和超市，大家的消费差别不大。

福州一中的社团很多元化，章昊凡记得吴谢宇都没有参加，班级活动吴谢宇参加得比较多。"他从来不看课外书，因为我很喜欢看课外书，所以比较关注这点。我就记得他看过卡耐基的《人性的弱点》，好像一直在看，但也没觉得他看进去了。好像也借过《战争与和平》，但没怎么看到他打开过。"

比较特别的是，在福州一中这样的重点学校，即使大家一起住校，章昊凡说同学们聊天并不多，吴谢宇会同时一口气向别人发十几个"你好，在干吗？"，"我会感觉挺刻意的，我体会不到他的真心。吴谢宇会突然跟大家打招呼，让人觉得有点奇怪。其实这也透露出他内在的压力比较大，但那时候我们也不会去多琢磨"。

在残酷的学习竞争面前，学校里的同龄人某种程度上更多是竞争者，而不是情感上的滋养者，不太容易彼此交心。在"宇神"的光环下，吴谢宇对自己很满意，他是别人的学习榜样，他似乎不需要在群体中接受周围人的影响。

章昊凡高考考得不错，报了一所香港的大学。吴谢宇在微信上对他说，"我们又可以一起竞争了"，章昊凡回复说，"大佬，我可不敢跟你竞争"。

病情加重

吴谢宇在高中继续拼学习，而他的父亲在2010年1月去世，当时吴谢宇正在高一上学期的末尾，他在同学面前没有表现出任何情绪的起伏，他的高中同学和后来的大学同学也都不知道他父亲早逝的事情。谢天琴的情绪也看不出明显波动，她同事说，要强的谢天琴"没有因为这件事请过一天假"。在此之前，外人很难看出他们家里有一位即将去世的病人。

但是，疾病的阴影在这个家庭里一直笼罩着。吴谢宇后来回忆说："打我记事起，我爸就一直在吃药，每周妈妈都要带着爸爸去医院。我从小就很怕，怕我爸爸会死，怕我哪天突然就没了爸爸。"

2009年下半年，因为病情发展，吴志坚又做了一次大手术。住院期间，他的大姐、大姐夫、谢天琴的妹夫，都去照顾过。谢天琴爱干净，晚期癌症病人的身体擦洗、大小便清理这些事她做得很少，多数时候是送些东西到医院。出院时，谢天琴坚持扔掉在医院用过的每一样东西，包括吴志坚同事送的榨汁机。吴志坚说了句："人也是从医院出来的，是不是也要扔掉？"他后来向亲近的朋友提起此事，对于谢天琴越演越烈的洁癖，感到非常无奈。

谢天琴对与疾病有关的一切事物的排斥，很可能是她对命运的一种抵抗。她极力回避吴志坚即将去世的事实，这背后表现出来的强硬，使她把自己藏进厚厚的壳里，让一般人很难理解。这次住院期间，马老师和爱人买好了东西去医院探望，他们已经在医院里，但接电话的谢天琴就是不告诉他们房间号，马老师两口子只好拎着东西又回家了。

手术后吴志坚休息了一阵，待到他再去上班，单位在三楼给他弄了一个独立的小办公室。张力文过去喝茶，劝他在家养病。吴志坚说："家里也没什么事，你不要操心我啦。"接下来的一两个月，张力文很忙，有一天他发现吴志坚没去上班，听说他又病得厉害了。张力文几次给他打电话，说想去家里看望，吴志坚都拒绝了。后来张力文问得多了，吴志坚就直接说"我老婆不让你来"。

如果说命运是人际关系和自我的再调试，谢天琴主动选择的命运是斩断人际关系，不接受任何新的调试。她在大学期间和婚姻初期表现出的一丝明朗色调，这时已经彻底消失。她似乎坚信自己是命苦之人，如果不是吴志坚的病，也会是什么别的将成为那把悬在头顶上的利剑，把她带入深渊。

张力文每周打一次电话问吴志坚怎么样了,他说身体越来越难受。有一次张力文说,"你应该锻炼身体,不要老是躺在床上"。他根本没意识到吴志坚的晚期癌症有多严重。吴志坚后来说,他听张力文的话,到操场走了两圈,结果虚汗流了一大堆,实在走不动。他那时已经有腹水了,肚子变大。

吴志坚的失落,张力文只目睹过几次。2009年年尾,他的癌症扩散后,医院不收了,吴志坚就在家附近的私人小诊所打点滴。张力文去看了几次,小诊所条件很简陋,吴志坚蜷在椅子上躺着,床铺也没有。他整个人很瘦,脸特别黑,眼睛浑浊,腹水很明显,肚子大得不得了。张力文看到了吴志坚怅然的表情,很心疼他。张力文回头跟朋友们说,估计吴志坚时间不多了,大家有空就去看看吧。

吴谢宇很少在家,他平时住校,周末在外边参加补习。在遇事总是回避的这个家庭里,他们三个人从来没谈论过吴志坚的病情。身体尚可时,吴志坚躲到了为工作和吴家大家庭努力的世界里。谢天琴在书本的世界里,在日记里,她说自己认同的人是林黛玉、张国荣。吴谢宇在学习的世界里。

这段时间里,有一天在一中住校的吴谢宇放学回家,吴志坚在诊所里打点滴,谢天琴让他去看看。吴谢宇感到很害怕,2021年10月他在看守所里给大姑写信,回忆这次经历。"我看到爸爸面色那么差,灰黑晦暗,我看到他的手上好像有很多针孔,想必挂瓶打的,我看到他身上穿的那套运动服,就在几个月前放暑假,爸爸还穿着这套运动服带我晚上去操场散步,那个时候他肚子凸凸的还有点胖,可还没多久,现在衣服穿他身上像挂衣服架子一样……姑,我怕了,那时我看到他那样子我是真的很怕啊,我不知道我爸为什么会变成那样子……我坐在爸爸身边,我怕得一句话也说不出来,我大脑一片空白,爸爸问了我几句话,我木木地回答,我坐了一下子就弹起来,我和老爸说,我去门口看书了,然后我竟真的跑到门口拿出书来看了啊!大姑,我爸那时候看到我这样子,他一定觉得很伤心很心寒很失望,他一定觉得我一点都不爱他,不在乎他的死活啊……"

吴志坚生命后期,大姐阿花从老家过来照顾他,但谢天琴不接受阿花住在家里,也不准她用厨房。好心的马老师让阿花住在自己的一套房子里,就在谢天琴家楼上。"我在她的家里,能做的事情就是给弟弟喂药喝水,不能打扫卫生,不能做饭。"这时候的谢天琴在家里总是拿着本书看。阿花说,弟弟那时状态已经很不好了,起不来,要喊姐姐扶他一下。谢天琴就会不让,大喊:"你这样宠他,他以后自己怎么起?"谢天琴认为丈夫应该自己爬起来走动,要锻炼锻炼。但那时候的吴志坚被腹水、疼痛折磨得很难受。谢天琴在家的时候,大姐从来不敢扶吴志坚。"我那时觉得很委屈，一切都被约束，没办法待了。我弟弟劝我说姐姐不要怪了，我们姐弟之间也是见一次少一次了。"

阿花本来想给弟弟做些好吃的，但厨房用不了。谢天琴有时候回来自己做，有时候就从学校食堂打饭回来，吃得很简单。"她很简朴，自己吃饭就是馒头配开水，菜很少，没什么营养。"

吴志坚的妈妈紧接着也来了一趟福州，谢天琴也不希望她住在家里，马老师劝她："她是你老公的妈妈，来看儿子，还是应该住在家里的。你把小宇的房间收拾收拾，让她住。"婆婆只待了一晚，跟谢天琴商量，最后的日子还是带儿子回老家。在福州的家里，谢天琴上班，小宇住校，白天家里只有吴志坚一个人，而老家人多，总有人照应。谢天琴答应了。吴志坚在老家住了一个多月，大小便不能自理，由大姐和大妹两个人照顾。

吴志坚的妈妈虽然是没有文化的农家女，但性格敞亮、情感充沛，大姐阿花一心一意向着弟弟。吴志坚在生命的最后时刻是从他的大家庭里体会到了温暖。

阿花提到，吴志坚临死之前流着眼泪跟她说，"天琴人很好，但是性格如果不改，以后会吃大亏的。你是姐姐，多担待，不要和她计较"。在吴家人看来，谢天琴不讲感情，但是她过得非常节俭，对于给吴家人钱也并不小气，"她就是那样一个人"。

第四章　父亲去世与成为"宇神"

2009年国庆节因为和中秋挨着，连放了八天假。假期里，吴志坚开车带着一家三口回老家，中途休息时给母子俩递上月饼，他自己也想吃，被谢天琴制止了。她的关心光明正大，癌症患者饮食禁忌多，不该吃。10月5日，吴志坚从老家带了一箱柚子，返程先开车到单位，把柚子留给同事们。这是他最后一次去公司。吴谢宇的生日是10月7日，谢天琴买了蛋糕和儿子在客厅庆祝，吴志坚因为身体难受，关门躺在卧室里，谢天琴不高兴。

两三年后回忆起这一段，谢天琴在日记里后悔了，她发现自己当时太不知道为吴志坚着想。他的身体都那么弱了，她还在埋怨他。她在日记里回忆起她最后一次回老家看老公，是2010年的元旦。吴志坚知道自己时日不多，话比较多。谢天琴知道他希望把自己身上大大小小的担子让她接着挑下去。"我知道你想把他们都托付给我，但我感到好累，我一个人承担不了太多，你的母亲和儿子，我勉强可以负担，其他人我顾不上……"

在相识的早期，谢天琴觉得吴志坚贫苦的出身赋予了他们的爱情一种高贵的浪漫色彩。但此时，在婚姻的现实生活中摸爬滚打之后，谢天琴意识到，他们的小家庭与吴志坚的大家庭需要划出一定的界限。或许可以说，谢天琴在婚姻生活中也在成长。

说起谢天琴对吴志坚的感情，旁人仍旧认为是很深的。谢天琴的前妹夫刘裕宗和马老师都向我们提到，2010

年1月吴志坚已经快不行了，谢天琴还让刘裕宗去托人高价买了两颗片仔癀，企盼着能起死回生。刘裕宗说："如果感情不深，就没必要花这个钱了。"

父亲去世

吴志坚去世的场景成为吴谢宇记忆中很难面对的一场噩梦。他认为爸爸被送回老家是去找新的治疗办法了，说自己完全没有父亲去世的心理准备。或者从另一个角度来说，对于即将到来的巨变，他也不想知道。这就像大姑阿花自己陈述的，疾病恶化之前她一直不知道弟弟有肝炎一样。大家都在回避吴志坚英年早逝这个结局。

"可大姑我真的太怕了，我又像从小就习惯的那样，像鸵鸟把头埋进沙子里那样去逃避现实，不敢面对现实了，我在我爸最后那一年，我真的一直不知道我爸得了癌症啊……2009年底我爸回老家了，我不知道为什么。我妈和我说，爸爸回去请一个半仙给他治病，治好了他就回来了，我竟然就信了啊。大姑，我是直到看到爸爸躺在我们吴家祠堂里的那一刻，我才醒悟，之前我不知道也不相信我爸会死啊……""但，这全是我造成的。"

吴志坚去世时，谢天琴和吴谢宇都不在身边。等到吴谢宇接到通知，跟着亲戚从福州赶到仙游度尾镇，见到父亲的遗体时，他几乎认不出父亲来。在吴谢宇眼里，吴家祠堂是童年时在村子里和小伙伴追逐时多次经过的看着很破败的地方，而如今，已经脱相的爸爸孤零零地躺在那里。"我的爸爸怎么会变成那样啊，一点都不像他了。"他把这巨大的情感冲击归罪于自己。"我愧对爸爸妈妈，我不敢面对我没了爸爸的现实，我懦弱可耻地逃避，我躲到了妈妈背后，爸爸办丧事那几天我心如死灰，痴呆木讷仿佛活死人……就连那天送爸爸去火化，我还不肯面对现实。"经过老屋前的断崖，吴谢宇有一刻突然很想冲过去往下跳，但实际上他什么也不敢做。

吴谢宇在后来写给亲人的信里说，那天在火葬场外面，奶奶、大姑哭着喊着："阿坚，跑，跑啊，别待在里面，跑回福州去，跑回马尾去，跑回度尾去，别在里面，里面烫啊……"那一刻他对自己说："是的，我爸没有死，我爸逃出来了，他会再回来的，我能再见到他的。"奶奶和大姑用传统方式表达着失去亲人的痛苦，但是对谢天琴和吴谢宇来说，他们很难直接表达感受，看上去显得呆住了。母子俩没说话，一直掉眼泪。

这个巨大的创伤，母子间也无法直接交流。吴谢宇在内心一遍遍地责怪自己，"他手术之前，我妈妈带我去看他，当时我带着书去了，没有说几句话就跑出去看书了。我觉得他认为我无情无义，没有求生欲望，手术就失败了"。吴谢宇感觉到父亲在生命后期想与他说破些什么，但他实际上躲避了。

父亲的另一层形象是与性这个话题联系在一起的。吴谢宇从未和父亲说破过，但对他内心冲击很大。他在被捕后的自述材料里提到，读小学三年级时他无意中看到了父亲电脑中的色情影片。"发现后大脑极度混乱，觉得很肮脏，不相信我爸会看这些东西。同时，也认为如果我爸会看这些东西，这些东西也就不是不能看的。主要影响是我今后也逐渐去看黄片了，他能看，我也照样能看。"

"肮脏"，是吴谢宇对与性有关事情的描述。在吴谢宇描述中像小龙女一般圣洁的妈妈，与看"肮脏"东西的爸爸，都在冲击着他的认知。

在这个几乎不交流感受的家庭里，一个人应该怎么面对自己的欲望和情感？吴谢宇说："我早早学会了无视强压与逃避，无视心中情绪，无视不了就用意志力强压，实在压不住太难受我索性彻底逃避。掩耳盗铃般地假装，我不是这个我，于是这些问题不是我的问题。"他进一步躲进书本和考题里，躲进小说和影视的虚幻世界里，"我幻想着我是故事里的某某主人公，反正就不是这个吴谢宇，这种逃避起了些作用"。

吴谢宇没有和父亲去讨论的另一件事，更让他难以启齿。初中有一段时间，吴谢宇偶尔会去爸爸在马尾的单位。吴志坚在2008年到2009年之间与他的同事王芸关系很密切。王芸情感丰富外露，与老公性格不合，在单位总是哭哭啼啼地抱怨。吴志坚一开始关心她，后来两人有了更深的关系。吴志坚会跟王芸讲自己的处境，回老家的压力、谢天琴的洁癖等。

王芸后来跟关系亲密的M详细讲述了她和吴志坚的交往过程，包括有一次两人正在办公室亲热，被吴谢宇撞见。吴谢宇掩饰住了内心的波动，像没事人一样，拿了一本化学书就出去了。吴志坚与王芸的关系并未因此中断。王芸还跟M说，2009年圣诞节她发信息问吴志坚，什么时候回来上班？吴志坚回答说，很快。但是第二个月，就传来吴志坚去世的消息。办丧事时，王芸也与同事一起赶去了仙游村子里，王芸说有个家属总是抱着她哭，她不知道是吴志坚的大姐还是大妹，但感觉她是知道吴志坚与自己的关系。我们采访阿花的时候，问到她弟弟与王芸的关系。阿花之前的叙述还一直伴随着压抑的哭泣，听到这个问题，突然"扑哧"一声笑了出来。从她的表情看，她是知情的。

心理上越是与爸爸保持距离，吴谢宇对妈妈的怜悯就越多。吴谢宇在自述书中称，父亲去世之后，他"发誓要把所有的精力和注意力都放在妈妈身上，尽我一切所能给她快乐"。

吴谢宇认为，失去父亲后，"在家里，我和我妈妈的地位，我是反过来看的，我是妈妈，她是我的孩子。她像小龙女，心地纯洁善良……她对这个世界不是很了解，也不是很喜欢……我完全可以了解，我也不是很喜欢和别人交往……"。

谢天琴沉浸在丧夫的悲痛中,进一步缩回到自己的内心世界。"父亲去世后,妈妈的很多行为让我很难受,很孤僻,她拒绝所有人的关心。我觉得她很痛苦,她让我很自责,是我让她这么痛苦的。"

"妈妈估计也是和我一样太好强、太怕被人看不起了,毕竟我们现在没有爸爸了,我们现在是孤儿寡母了。"吴谢宇后来分析说,就像他和妈妈一起在电视上看到的一句话:任何同情都是怜悯,本质上都带着一种居高临下的优越感和看不起人的意思。"这也许就是妈妈之所以会对所有人都敬而远之,对人们的关心和帮助都拒之于千里之外的原因吧……"

吴谢宇借着拼命学习的劲头,希望在大学里复制高中被称为"宇神"的生活。虽然离妈妈有几千公里,但是在心理上,他仍是事事汇报的幼童。

第五章

初到北大

进北大

吴谢宇是福州一中最耀眼的学生,高考前,福州一中的校长推荐了他,他成为北京大学自主招生的目标。吴谢宇的大学同班同学林贤春,也是通过自主招生进北大的。她回忆那时候的情景,北大招生组把要报北大的同学带到酒店的广场,然后挨个问:"你排名是全省第几?"她高考所在的地区是考后填报志愿,招生老师跟大家说:第一档是光华学院、法学院;第二档是社科,就是"政管国关";第三档是纯人文的,文史哲。老师的意思是,你考在后面的,就别想报前面的。"前面的就业好,说出去又好听。"林贤春说,"北大招生组也有KPI,他们要招到更好的学生,和另外一所大学竞争生源。他们在不同的地区招生时，要想很多办法"。

谢天琴后来向马老师提到，选北大经济学院，因为这是"最好的"。谢天琴的语气很平淡，但有一丝忍不住的自豪，"都是小宇和我商量着定的"。北大经济学院的自主招生需要面试，那时候谢天琴正在带高三毕业班，工作负责的她不愿意请假。所以2012年初，马老师带着吴谢宇到北大走了一趟。这一趟出门，马老师对小宇评价很高，看他在飞机上跟空姐聊天，在北京跟饭店服务员搭话，觉得他比一般孩子成熟，出门办事很老练。吴谢宇爱学习的形象仍然很稳，"他背着好大一个书包，特别沉，全部是各种深奥的书"。

吴志坚单位在北京的分公司还特意把考上北京的职工子女召集在一起见了一次。吴谢宇和另一个男孩都是通过提前招生定下了北京的好学校。在和爸爸同事老王聊天的过程中，吴谢宇显得特别大方自信，一副知识渊博的样子，另一个同龄人似乎怯场得多。老王后来向张力文转述时，直夸吴谢宇，张力文听了也很高兴。

吴谢宇顺利通过了面试，自主招生这关过了，经济学院录取他的时候会在他的高考成绩上加60分。北大通过自主招生的方式尽力提前"掐尖"了全国最好的生源。虽然高考前就定下了这条路，但真面对考试时吴谢宇心理素质的不足暴露了出来。他后来在自述材料中说，他把高考看成最为重要的一场战役。高考总复习时，他总是觉得心脏难受。谢天琴带他去医院检查，医生说只是心律不齐，但吴谢宇还是觉得很不舒服，住院了一段时间。

"我高考考砸了，省里才一百多名，比原来退步太多，妈妈没说什么，但我总觉得妈妈对我失望了。"多年后提起自己的高考成绩，吴谢宇仍然很不满意。由于有自主招生的加分，他顺利进了北大经济学院。但对吴谢宇来说，似乎绝对高分才重要，即使上大学的结果是很好的，他仍沉浸在对分数的不满当中。分数不仅仅是手段，对他意味着绝对价值。

为什么要学经济呢？吴谢宇的高中室友说，虽然他和吴谢宇的化学成绩都很好，但大学都没读化学。那时候流行学经管，吴谢宇大学时向这个同学借学术期刊账号，聊天时吴谢宇说他以后不想工作，想做教授。

吴谢宇的大学同学林贤春说，她觉得她选经济学院仅仅因为这是热门专业，高分才能去读。"我们之前从来没接触过职业选择的问题，两三天时间定个志愿，学起来就是好多年。"等以后明白过来，很多人会觉得报了一个自己不喜欢的专业，一开始就犯错了。"怎么保证选一个喜欢的专业？如果想转专业该怎么做？我们不知道。我们只是高中的时候学得好，分数高。至于喜不喜欢，好像没几个人去想这个问题。"

对于考进北大这样一件人生大事，谢天琴似乎没有向儿子表达过肯定。2021年给小姨写信的时候，吴谢宇还沉浸在失败的体验中，认为妈妈很不满，"我就是台考试机器，除了考试我什么都不会，除了能考第一名，我一无是处，考第一名就是我对妈妈的唯一意义，是我让妈妈为我骄傲的唯一方式，一旦考不了第一名，我就对妈妈失去了一切意义了"。

但在外人看来，谢天琴没有任何不满。2012年秋天，她把儿子送到北大上学。吴谢宇的寝室四人一间，刚好都是从福建考来的，同学之外还多层老乡关系。杨冬明和吴谢宇一屋，他记得谢天琴给吴谢宇打扫柜子，擦得很干净，底部和侧面都贴上墙纸一样的东西。杨冬明的柜子和吴谢宇挨着，谢天琴也给打扫得干干净净。杨冬明对谢天琴的印象是"瘦瘦的，戴个眼镜，比较吃苦耐劳的那种，不是能言善道的家长"。杨冬明之前多次到过北京，所以上大学没让父母送，自己拿着行李就来了。

在新生的破冰活动中，很多寝室都选择了唱歌，吴谢宇寝室是跳海带舞，给一些同学留下了印象，"觉得他们还挺有新意的"。

自律的少数人

18岁的吴谢宇进入了一个更大的同龄人世界。从地理空间上看，他从福州到了北京，从管理严格的高中到了宽松得多的大学校园。全国各地的学霸们来到这里，将共同度过18岁到22岁的人生，他们以出色的考试能力拿到了北大的入门券。大学到底能给一个人的人生带来什么？一群优秀的年轻人只是在这里竞争分数，还是真的会发生头脑和灵魂间的碰撞？新生们并不知晓。

经济学院180人左右，分成6个班，吴谢宇的作息时间非常固定，体现了少见的自律意识。他每天晚上11点一定会躺到床上去，早上7点一定会起床，周末也不会有太大变化。室友偶尔打游戏，吴谢宇从不打。杨冬明说："整个学院来看，我觉得这种人都是很少见的。他会把自己的生活列成一个表，心里好像有一个表。"

虽然大学具体成绩不公布，但大家也能感觉到，大一时吴谢宇的成绩在班上排前三，在年级180名学生里边能排到前10%。很多同学面对考试都是临时抱佛脚，考前猛冲刺，但吴谢宇是那种细水长流的类型，一直在学。他不去教室上自习，基本都待在寝室里学习。

吴谢宇的师兄李又廷提到，北大还有一种学生，大学之前被老师和家长压制着不能打游戏，进大学后买高配电脑，显卡特别好，装了十几二十个游戏。这样的学生很快就挂科三四门，最终被北大退学。但吴谢宇是完全不同的类型，他一直延续着高中勤奋的学习状态，把大一读成了"高四"。

吴谢宇的精神状态是饱满的，同学发现他干什么事情都很专注，哪怕是大一上学期的歌咏比赛，一般同学很不在意，但他"唱得特别专注，而且是排练的时候，在一排人里面特别用力、特别突出"。

北大经济学院的学生在大学二年级分专业，杨冬明选了金融系，吴谢宇是在经济系。杨冬明说，前两年大家基本处于体验大学的状态，一般不会先定死目标。本科毕业之后，无非是直接工作、国内升学或是出国。国内升学和出国升学又可以继续分成你是读硕士还是直接读博士，如果希望今后在高校谋取一个教职，就应该选择直接读博士。对于吴谢宇的多数同学来说，这条路并不急着求个答案，很多人在大三甚至大四才确定怎么发展。

而吴谢宇显得目标清晰而明确，没有一般新生的犹豫和试探。他看重每门课的学习，大学二年级开始准备托福和雅思。在大家看来，他的目标是出国深造，进入学界，谋取一个高校的教职。他没有主动说这个事儿，但杨冬明说："我们平时开玩笑，就管他叫'教授'或者'大师'，总觉得他未来会是一个在高校里任职的学究型人物。我们跟他说你以后当教授给我小孩写个推荐信。"另外一个同学告诉我们，"我记得有老师夸他，说他很有才华。不是一个两个，是很多老师都还挺喜欢他，会在课上表扬"。

吴谢宇表现得也很愿意帮别人学习。他上课做的笔记愿意分享给同学，如果有人问他问题，他也毫无保留地回答。杨冬明记得，有一门课"是那种德高望重的老师讲课，信息量非常大"。吴谢宇去现场听了几次，觉得这个课程很重要，现场听课会漏一些东西，所以他就提出和室友来分工。早上8点的课，他问室友能不能早点去，往前坐，把老师讲课的内容录下来；之后他在宿舍慢慢听录音，他觉得听录音的过程可以停下来记笔记，更有效率。吴谢宇把老师讲的内容整理出一个文字稿，分享给室友。"他这方面性格非常好，很哥们儿，给人有求必应的感觉。"

一名女同学也记得，吴谢宇学业上很主动，很多同学只选经院课，但他选了光华的课。"我记得他发过朋友圈，是营销学原理。"

非典型的北大生

选营销学原理这门课，在高吴谢宇两届的李又廷看来，是"初生牛犊不怕虎"。这门选修课有120人到150人的规模，低年级学生只占15%左右。虽然算不上是一门"虐课"，但是"对于大一大二的菜鸟来说，肯定不会轻松"。

吴谢宇成了课堂上最活跃的学生，每堂课都发言，李又廷强调说，"the only one"。吴谢宇一定坐在前两排，穿着类似POLO衫一样的绿领衣服，下摆塞进裤子里，系一条皮带；后来天气冷了，吴谢宇常穿暗红色或深绿色的高领毛衣。他每次都会站起来回答问题，音调高，情绪高昂，全班每个同学都能听到他的声音。

他给同学留下勇于表达的印象，即便想法不成熟，吴谢宇也会在委婉表达自己的"不自信"之后，滔滔不绝地说出来。他的表达总是启发一轮又一轮的课堂思考和大讨论。李又廷说，他当时大四，工作已经找好了，对这门课就不太积极，也懒得与老师互动。吴谢宇表现出一种强烈的感染力，回答问题的准确率很高，而且始终保持着高度的专注力和鲜明的想法，他也敢于大胆质疑老师的观点。这门课的老师是位著名教授，非常忙，这种大课叫不出几位同学的名字，但是他很快就记住了吴谢宇的名字，在第二次或第三次上课时就亲切地叫他"谢宇"。李又廷说："某种程度上都让人怀疑吴谢宇是这门课请来的托儿。当然，这是不可能的。"

张力文记得，吴谢宇为学好营销学原理课程，专门给他打过电话。在大学期间，吴谢宇逢年过节或是自己有了好成绩，会给爸爸的几位朋友发个信息，这几位叔叔感觉他很懂事。张力文做了多年的销售工作，所以吴谢宇认为应该向他请教营销的根本原理是什么、有哪些典型的案例。吴谢宇给张力文打过很长的电话探讨问题，后来还给张力文发来邮件，详细讲自己对这门课的理解，让张力文印象深刻。

在活跃表现的背后，同学也能感觉到吴谢宇的一点炫耀之心。"老师抛一个问题出来的话，大家三四句话都能讲清楚的，他会描述得特别细致，把老师的问题进行下一步拆解。这样是在体现他逻辑的清晰和结构化，可多多少少能让人感觉到他有一种寻求老师认可和表扬的心态。"李又廷觉得吴谢宇是在用中学生模式过大学生生活。这样的学生是中学学习模式的受益者，所以也本能地依赖过去的方式。

但吴谢宇表现出来的能力还是显而易见的。营销学原理之外，老师还讲了很多商业案例，通过大量实证的案例分析来讲这门课。吴谢宇回答问题旁征博引，经过了自己的融合思考，也研究了一些类似的案例来分析和举证，李又廷说："他不是本本主义，如果只知道读死书，到达不了他的深度。"

大学里，一部分学生在课堂上表现活跃，他们积极回答问题，频繁与教授沟通，最后拿一个很高的绩点。一旦成绩到手，就不会再跟教授产生任何交集。他们感兴趣的是高分，而不是这门课本身。吴谢宇是否真的对营销学感兴趣，同学们也不了解，但是从他在这门课从头到尾高投入的表现来说，他确实对学习很认真。

李又廷一方面认同吴谢宇在课堂上表现出的能力，一方面又坚定地认为"他是一个不太典型的北大学生"。他说，如果说一般社会是一个纺锤形结构，头部和底部都很尖，那么北大学生的构成是反过来的，北大顶部拔尖的人多，尾部的人也多，中间这种"上不去也下不来的"占比很小。"真正的大神，上课的时候基本都是不吭声的。"

第五章 初到北大

渴望情感却难以与人交流

在外形上，吴谢宇比较朴素，同学说他穿衣服以实用为主，羽绒服就是羽绒服，短袖就是短袖，颜色一般是纯色系，没有要彰显个性的样子。杨冬明说："我们大学生自己去买衣服都喜欢标新立异，尽量别大家一样。"吴谢宇的衣服是他妈妈买好后，从老家寄过来的。

大一大二的时候，吴谢宇同寝室的同学经常一起去食堂吃饭，但是大家从来没有一起外出玩过。室友之间既不会聊各自发展的打算，也不聊家里的事。杨冬明解释这种界限感，"毕竟家庭的事情，怕问到一些人家不方便说的情况"。所以大家不知道吴谢宇的爸爸在他高中时去世了，吴谢宇也从来没有提过父亲。从他去食堂吃饭来看，他是比较节俭的，吃素菜多一些，很少吃一份份的小炒，基本都去窗口打一格格的菜。

这个时期的吴谢宇情绪上显得比较开朗。但是当几年后吴谢宇弑母的新闻让大家深感震惊后，再回忆起吴谢宇，杨冬明觉得："他平时见到一个人，很热情地打招呼，其实我觉得只能说是他很有礼貌。他上来就拍你肩膀，感觉他跟你很亲近，但并没有分享自己内心的东西。聊天的时候他很少把话题转移到自己身上。"

吴谢宇确实不会与人进行情感交流，即使他每天都要跟妈妈打电话，看上去比一般母子亲密很多。多年后他才意识到，事实上他跟妈妈之间始终没有真的去交流内心想法，这似乎是一种他们母子都无法具备的能力。

上北大后，每天晚上一个固定时间，吴谢宇会到阳台或走廊上给妈妈打电话。杨冬明说，"雷打不动"。汇报的内容很详细，比如说今天上了什么课、晚饭吃了什么，但基本是在说事情，而不是谈感受和内心想法。同学们也弄不清到底是吴谢宇主动要打这些电话，还是他妈妈有要求。大家也开玩笑问过："为什么你这么大，还跟你妈汇报这么多？"吴谢宇没说什么。

吴谢宇认为妈妈非常需要他，或许是他心理上离不开妈妈的一种体现。2013年3月6日，吴谢宇在人人网上转发了一段话："如果拿你身上20斤肉换取母亲的十年长寿，你愿意吗？"他借此表达了自己极度爱妈妈。

高中住校的三年时光，吴谢宇离妈妈远了，却没有表现出任何独立的愿望。本来，一个十七八岁的男孩会借着离开父母的机会，向外探索世界和向内体察自己，才是成长的必要阶段。但是不管吴谢宇走多远，他的内心世界似乎永远拘禁在从小长大的那套房子里。一个个体把握自己人生的主动性，在他身上看不出来，即使他已经是北大的学生。

2021年在给舅舅写信时，他提到自己的依赖，"我已经不是一个小孩了，过去我总不愿长大，躲在妈妈的羽翼之下依赖着妈妈，在身边同龄人已经成长成熟承担起自己责任的时候，我却还不肯自立自强"。

在人生早期，谢天琴对儿子严格管束，使他的心思基本花在了学习上，没有真实的人际交往。根据马老师的表述，随着吴谢宇成绩越来越好，谢天琴对儿子没有太多要求。但是吴谢宇似乎很不习惯妈妈不提要求，他后来在给小姨的信里提到，考上北大都不能让妈妈满意了，"到大学我拼了命也考不了第一名，妈妈没说什么，但我总觉得妈妈对我失望了"。

根据吴谢宇的自述材料，他在头脑里已经形成了这样一种思维方式：他对妈妈的唯一意义就是考第一名，如果妈妈不提要求，就是放弃他了。虽然已经在北京上了大学，吴谢宇对自己价值的认知仍然停留在那个试图讨好妈妈的幼童心理上。就像他提到非常害怕面对病重的父亲一样，吴谢宇对于自己走向独立的恐惧也很大。妈妈对他来说，既是一个真实的个体，也是一种逃避现实的情感依赖。有妈妈在，他的自我似乎永远不需要破壳而出，而一旦没有了挡在他和现实之间的"妈妈"，他的内心就很容易失去平衡。

吴谢宇的一位同学任雯在大学期间没跟他直接交流过，她反而是通过各种媒体报道了解吴谢宇的内心世界后，觉得仅仅就不会跟人打交道这点来说，这是某一类学霸的通病。她自己就不会跟同龄人交流，"上高中时目标很单纯，我顾不上别人喜不喜欢我，就是求一个高分，只需要花全部精力做题，只有这一件事情需要摸清规则。但大学需要你跟周围人不断互动，你需要知道这个老师认为的重点和可能的考点，你需要找前排的人要笔记，你需要跟你们寝室的其他人相处，这在我前面十几年接受的教育里，是缺失的。大学里需要面对的各种情况，是一个动态的过程，之前没有人告诉我这些"。

任雯不像吴谢宇那样对妈妈的世界很执着，她知道自己必须改变，但是不知道如何开始与他人建立关联，于是花了很多时间看书甚至是看综艺，学习人和人之间怎么相处。"我是后来才开始看综艺的，我之前从来不看，特别是恋爱以后。你会发现，两个人一天下来哪有那么多事？这个时候你就会觉得，一起看综艺是一个不错的选择。因为看综艺就是看人，对不对？"

任雯还按照理论把人与人的关系分为弱连接和强连接。如果她觉得是强连接的朋友，就会非常花心思认真维系感情，每天都会和这样的朋友聊聊天。"我觉得我应该能从他们身上看到我为什么失败了，所以从来没有放弃跟他们交朋友。"任雯非常羡慕有些人只说两三句话就能拉近人与人之间心灵的能力。她觉得这个能力是可以学来的，而她与厉害的人交朋友，会使她感觉自己没有那么差。"我觉得说到底大家都渴望被关注，也希望自己能够被需要，都是人。"

这些听起来有些刻意的为人处世方法，是任雯在大学里受挫之后痛定思痛悟出来的。上大学之前，她唯一的使命就是埋头做题，待到快20岁时，要学着建立人际关系了。她的方法听起来比较学究化，"网络经济学里面还说，强连接对一个人的心理状态很重要，对他的自我认知也很重要，因为它基本上反映了你对你自己的态度。但是从求职的角度来讲，弱连接是最有效的。所以我觉得走入社会这个阶段，人需要不断强化自己周围的强连接，你需要一种守望相助的感觉，那是对你最关键的几个人给你的一个支持网"。

吴谢宇在成长过程中错过了同龄人之间真实的碰撞，他没有体会过交往中的期望、失望、冲突、和解。只有与他人产生碰撞，通过反弹回来的力，一个人才能理解"我何以为我"。没有真实生活体验的人就像被抽干了情感的机器，所以有同学偶尔窥见吴谢宇内心的孤独感：他与所有男生拍肩膀进行寒暄，反而是他不会与人亲近才有的举动。有同学说，"其他人都不会这么做，我心里觉得他挺奇怪的"。

在我们记者跨越几年联系吴谢宇的同学和师兄师姐的过程中，也始终感觉到他们互相之间以及对记者采访明确的界限感。尤其是2016年吴谢宇作为弑母嫌疑人被通缉时，他北大的同学们正在读大四。一方面学校不让这些同学接受采访，而他们也正处在各自忙碌奔前程的时候。吴谢宇的案件让同学们震惊，但不少同学也本能地回避，大家似乎都表现得对他不太熟悉，对这件事情显得冷漠的感觉。大学同学之间的关系与一般人想象中的亲密感觉不一样。

安宏林是吴谢宇同级的同学，说到在大学里有没有好朋友时，他反问记者："我想问一下，你最好的朋友是你的同事吗？"安宏林说，同学之间有竞争关系，比如评奖评优。"我们以院级为单位，或者以系、以班为单位，肯定有竞争。跟谁一个专业、跟谁一个学院不是你可以选择的，但是你的朋友是你可以选择的。我们的情感可能是自己跟学院的情感，自己跟学校的情感，但可能不是人和人之间的。"

哀伤中的妈妈

吴谢宇没怎么提到他在大学里与人交往的受挫，他的认知里还只能以分数衡量一切。年轻人到了大学，本应该像放飞的鸟儿，但他心里天天牵挂着不开心的妈妈。妈妈的意义太过重大，"我从小那么拼命读书就是为了拿第一名让妈妈开心让妈妈骄傲啊，我活着就是为了妈妈而活啊"。

2010年初吴志坚去世后，吴谢宇感觉妈妈进一步封闭了自己。马老师和其他几位老师，既是邻居、同事，也是谢天琴的老朋友。谢天琴当面跟她们一起聊天散步，可是在儿子面前却埋怨她们，吴谢宇在自述中回忆："她经常跟我抱怨，说那几个人好烦，整天敲门打电话来打扰我们，还会说她与她们以前发生的一些不愉快的往事。这一切，让我觉得，她似乎没把她们这些十几二十年的老相识当朋友。"邻居来敲门,谢天琴调小电视机的声音,手放在嘴唇上做出"嘘"的样子,不让儿子出声,不愿意与人接触。

马老师一直认为谢天琴把她当很好的朋友,因为谢天琴遇到各种事情还是找马老师商量。比如吴志坚过世后不久,大姐的儿子阿勤找谢天琴借车开,谢天琴问马老师该怎么办。马老师建议她把车卖了。本来谢天琴留着车是方便周末去福州一中接送小宇,可是吴志坚的侄子惦记着,她就下决心卖车。2022年夏天我们去找马老师采访时,另一位老师说起谢天琴当年卖车的事,她曾经想买,但是她老公说了句"不吉利",所以没买。谢天琴担心的"孤儿寡母被人看不起",也不完全是她自己的心理在作怪,但她会把这种感觉扩大,包括窗户下停了几辆车,她都认为,"这个日子是没法过了。我恨所有的人,大家都要来欺负我们孤儿寡母的"。

她也在日记里哀叹:"我四十多岁了,出身于那样的家庭,又遭遇太多的苦难,从小到大,就遇不到一个好人,小时候被邻居欺负,现在失去丈夫后被邻居、同事欺负,而且,你走后,你所有的同学、朋友、同事没有一个人照顾过我们。我真的不知道人世间还有温情在,在哪儿?"

她一方面不喜欢外人联系她,但另一方面又感慨大家都忘记吴志坚了,"世态炎凉,人们的记忆止于权贵,罢了"。本来是谢天琴自己跟马老师表示,她不愿意申请高级职称。可是在日记,她对于自己只是中级职称非常在意，说没脸见人。谢天琴浓重的负面情绪使她看什么都不顺眼。她写到过了一个"阴暗、可怖的春节";买鸡给儿子熬汤,"买了一只不中意的鸡";买了一套衣服,也是"一套不可心的衣服"。

吴志坚留下的车卖了5万多元,很快,大姐阿花以翻盖房子的名义,找谢天琴借了7万元。就如阿花所说,在钱方面,谢天琴从不小气。但是谢天琴的手头并不宽裕,吴志坚去世后,他的朋友们成立了一个基金会,再加上吴志坚的抚恤金,一共也就大概7万元。

本来谢天琴不愿意过手这些钱,想让婆婆直接拿着。但是有生活智慧的婆婆,非要把钱放在谢天琴那里,让她每个月当作生活费给自己。谢天琴不解,马老师看出了她婆婆的用意,说,吴志坚的姐姐妹妹哪个不缺钱?放在婆婆手里,这钱很快留不住,在谢天琴手里,老人家每个月的生活费还能有保障。但是没多久,因为大姐修房子,这7万元也没留住。谢天琴应该是接着在用自己的工资负担婆婆的生活,因为她在日记里对死去的丈夫提到"我的工资足以应付日常所需以及给你妈的费用"。

所以谢天琴在写给吴志坚的信里提到,希望儿子小宇不要像他那样,有这重的家庭负担。她和吴志坚的几次争吵发生在他的生命后期。谢天琴认为吴家的贫穷对老公的拖累太重,导致他的病总也治不好。她希望儿子做一个无情无义的人,不要被拖累。

第五章 初到北大

谢天琴的要强也体现在评职称上。她是本科学历，中级职称很顺利得到了。等到评高级职称时，她不愿意申报。谢天琴在学院发论文就能评高级职称，这事一点也不难，但她就是不做。马老师说她理解谢天琴，一个家里男人没了，她本来出身贫寒，又无权无势，"她要跟你诉说，好像要博得你的同情，但她不需要别人同情。她是这种心理，我能理解"。

谢天琴的悲观在丈夫去世后达到极致，她在日记里写道："像我这样的女人能否继续存活？我在心里问了自己好多次，始终无答案。生命也就失去了意义……我是个彻底的失败者，一无所有，一辈子什么也没有，没有了丈夫，没有朋友，没有亲情，没有事业。"

在2012年2月的日记中，谢天琴提到觉得自己的心理状态不正常。"对于生活，对于生命，我已经完全失去热情与自信……打扫房间，永远无法干净；洗衣服，永远无法干净……每一件事做之前要犹豫很久，做之后要后悔很久。我也知道我心理不太正常，需要看心理医生，但我知道这些病症的成因在于你的离去……现在的我无法正常了，除非跟随你而去。我困惑，我该不该去找你，你会等我吗？"

考第一的执念

吴谢宇特别在意妈妈的情绪，他说父亲去世后，他更是放大了妈妈的每一丝情绪。高一丧父，整个高中阶段本应该是吴谢宇失去父亲最痛苦的时期，但是在福州一中因为成绩第一带来的光环，吴谢宇认为那是他人生中最快乐的时段。在北大的日子，他期盼的光环一直没有来到，妈妈不快乐，他仍然想着用"第一名"换来妈妈的笑脸。

但是到了大学阶段，同学之间的背景差距关乎地域之间、家境之间、认知之间的差别。这种差别对于处弱势地位的年轻人来说，很难面对。吴谢宇在高中以分数获取绝对优势的体验，在这里完全不存在了。

吴谢宇的师姐萧丽丽说，成为北大学生之后她才发现，真正通过高考这个途径进入北大的，仅仅是一部分同学，有不少同学是通过参加竞赛或通过特长生渠道进来的。这么多的渠道背后是不同的资源，它意味着进了北大之后，大家的未来更不是只由学习成绩决定的。

萧丽丽说："我们班有各种行长的儿子、大律师的闺女，还有父母都是企业家的。你会发现你看到的都是自己以往通过学习不可企及的资源，真的内心落差很大；你会发现，好像自己能走的就只有这么一条路，那就是继续学习，这是好学生擅长的。但是社会上开始出现'寒门难出贵子'的言论，也是从这个时候开始的。"

而吴谢宇的认知里依然只有学习这一条路。越是觉得比不过别人，他越是把更多的时间花在了学习上，更加关注分数。可是北大学生的评价体系非常多元化，萧丽丽说她很快意识到，"成绩好的学生，我们会称为'大神''大牛'，但他们的人生不一定会走得很远"。吴谢宇即使在北大专攻学习，也到不了被同学称为"大神""大牛"的程度。

在李又廷看来，"在北大如果只是学习好，北大学生其实心里会给你加一个标签——小镇做题家，不会认可你是一个特别优秀的人，或者说不认为你能作为北大学生代表，打心眼里不认的"。

李又廷分析，他们班四十多人，符合"小镇做题家"特征的有三四个。"我没有贬低他们的意思，但是通常他们的画像是这样的：首先，不是来自经济特别发达的地区；第二，高中确实尝到了刷题模式的甜头，在大学重复这套也有一定效果；第三，他们至少把70%的时间都花在学习上，20%用来参与少得可怜的社团活动，还有10%谈谈恋爱什么的。"

为什么这样的同学不会被新群体推崇呢？李又廷说："我们会认为这样的人没有太多的创新意识。学习好，就是高中你能获得成功或者说你能被北大录取的原因，对吧？拼命刷题进了北大清华，可是真的到了北大，它其实跟社会更近了一层。如果你只是会做题的话，还在用老套路去寻求成功，可是社会没有题给你做，你终将没办法很好地适应这个社会，所以大家有时不太愿意跟这样的人一起玩。"

所谓命运,可能正是一个人在新环境里不断调试自我的能力。

第六章

大学的小社会

失落感

不能再成为第一名,这种进入北大以后的失落感太多北大学生都经历过。王立行以全上海第一名的身份进入北大经济学院,"没想到进了北大,我的成绩在班里中等往下。我觉得肯定是上海的高考卷子太简单了,没有办法跟全国卷子比,所以造成了自我感觉很牛但实际上我啥都不是的感觉"。王立行表现出了一种轻松的自嘲能力。他发现,班上通过竞赛保送进来的同学占比大概20%,高考里边也有一部分学生是自主招生进来的,路子各不相同。

另一个以某地文科状元身份考入北大经济学院的向蔚,向我们说起她大学最大的痛苦是数学课对她来说太难了。杨冬明也提到,在北大读书那几年,经济学教育的一个核心趋势是数学化,用很高深的数学进行建模,这样的研究文章容易在核心期刊上发表。但对于很多今后从事经济工作的人来说,其实并不需要进行很高深的数学学习。

向蔚对数学产生了很大的畏惧,进而开始责怪自己。"我的朋友里有想做金融工程的,已经开始学双学位了。在我的圈子里,我是一直行的,但是上了大学以后,班上突然就有奥赛进来的同学,有信息技术比赛进来的同学,还有已经自学过微积分的同学。你看,你和人家已经不在一个起跑线上了,心理压力就会特别大。我就会觉得我怎么这么差?为什么人家就学得那么好,我连个普普通通的专业课都学不好?"

虽然向蔚发现自己对历史人文类的课更有兴趣,但是她也不准备换专业,"因为我太好强了,如果我跑了,我就是个loser,还是要跟自己较一下劲,我转专业就是逃跑了,那我以后遇到问题就会逃跑"。她硬着头皮学下去,但是感觉"这个体制不给你一个调整的空间,没有替代机制"。她觉得其他人都是没有障碍地往前走,她和其他同学的差距越来越大,进而对自己产生了怀疑:我还有没有毅力,这么辛苦地学下去?

向蔚观察着身边的新群体,她觉得北京的同学就显得很轻松,不管学习压力多大,这些同学周末都是要回家的。"他们好像一直都很轻松。这种轻松感,我们是想模仿也模仿不来的。"她得出的结论是,北京的孩子与"小镇做题家"的试错成本不一样。北京孩子视野宽、家里路子多，这条路走不通就换一条，绕着走也能到目的地；而向蔚虽然来自大城市，但是父母只知道读书这一条路，思维跟不上外边社会的发展，她认为自己跟"小镇做题家"也没多少差别。父母从小训斥她的话就是"这个社会在一直往前冲，它错不到哪里去，所以错的只能是你"。

当这群十七八岁的年轻人聚集到未名湖畔，他们虽然也有"天外有天、人外有人"的心理准备，但是由于在过去的小世界里一直是佼佼者，这种在新群体里的失落感，绝大多数人都会经历，而且还不愿意跟同学说出来，基本选择默默承受。正如大吴谢宇一两岁的李又廷所说："每个人真的不一样，我觉得吴谢宇对自己的要求绝对不是我这种放松的状态，他可能都没有办法容忍我这种不逼自己的。Always fight for the best，他们只想考第一，没有第二名的选项。所以我是不会跟人家交流这种心态的，这种心态我自己放在心里。"

吴谢宇大学一、二年级的成绩都在全年级前列，在大家眼里已经是成绩优秀的学生。杨冬明后来知道吴谢宇对自己成绩不满时，感到非常吃惊，他对我们脱口而出："如果他是这种感觉的话，我可能就活不下去了。"

萧丽丽是从新疆考到上海读高中，然后进入北大的。她提到自己刚进北大的窘迫感：她是到了大学才有电脑的，一个师兄陪着去买的。"那时候班里同学都有彩色的课程卡,我不知道怎么在电脑上截图,去做这样一张卡片,但是又不好意思去问别人。只能自己摸索着去学,内心敏感又自卑。"

进入北大后,大家才发现这里不再只是展示学生们的考试能力。一个个体是否向外界敞开自己,能否吸收变化中的养分,在新环境中寻找自己的价值,才是更为本质性的事情。他们还要面对的,是中国经济在经历了罕见的几十年高速发展之后,不同地区、不同城市、不同家庭之间的明显差别。当一群天南海北的年轻人聚到一起,每个人其实都带着他们成长过程里的具体处境。他们背后家庭实力和资源的不同,他们的视野和见识的差别,已经很难回避了。

曾经的大学

吴谢宇的父母是20世纪80年代的大学生,这本是让人骄傲的家庭资源。不过谢天琴上大学时的处境,与二十多年后她儿子在北大面临的局面,是完全不一样的。用吴谢宇一位同学的话来说,社会变化这么快,父母辈要想帮助孩子在北大竞争,没有几家能做到。他们能听得懂孩子说的自己在北大的处境,就很不容易了。

以谢天琴敏感自卑的性格,大学生活居然给她留下了不错的回忆。她从小因为家庭的缘故,不愿意与人来往,但是1986年考入大学后,她既没有多少从小地方到苏州的自卑感,也没有在同学中感到不舒适。按照教授她中国现代史的老师陈斯民对我们的解释,那时候家庭之间的差别不大,学生们穿得都很朴实,考上大学不容易,学生很自豪,家长也自信。谢天琴她们那个年级六十多个学生,多数来自农村和小城镇,一小部分来自城市里的普通家庭。

苏州铁道师范学院当时新建的校区离市区有20公里,在上方山的山脚,周围都是农田。老师大部分住在城里,下午4点半校车开走后,周围一片寂静,同学们下课后在山坡上散步、讨论问题。陈斯民说,很多农村来的孩子读了四年书都没进过几次苏州城,离城市文明远了一点,但好处是同学们相处多,学习氛围浓。

陈斯民是1987级一个班的班主任,他说那时候老师和同学的时间都多,老师了解学生们比较充分。老师们会谈论学生,每个学生的性格是什么样的,谁和谁关系比较好,谁可能遇到了一些事,大家就帮着化解化解。班主任经常去学生宿舍聊天,有同学过生日,大家也会一起热闹热闹。谢天琴话很少,总是跟在一群学生后边,笑眯眯的。

学生们整体情绪饱满也是因为大学意味着人生向上曲线的开端。谢天琴他们毕业了就能在铁路沿线的学校当老师,而铁路那时基本建在经济发达地区。

吴志坚的好友张力文也念念不忘他在大学的经历,他提供了一个贫苦山区孩子如何度过大学生活的样本。张力文和吴志坚、谢天琴都是仙游老乡,但三个人又处在不同的小阶层里。谢天琴家是县城里的居民,处在最高等级;吴志坚家是平原上的农民;张力文家在最穷的大山沟里,条件最艰苦。1987年他去上大学,从福州坐火车到昆明,是人生里第一次见到火车,第一次见到大巴。他根本不知道怎么乘车,"好在我碰到一个老乡,他带着我去火车站,带着我进站。那时候福州到昆明没有直达,要从株洲转车,三天四夜。中途在株洲等半天,我就在株洲火车站广场上枕着行李睡觉"。

到了昆明大学之后,张力文人生中第一次见到足球,第一次见到围棋。他的个子只有一米六,打不了篮球。他发现同学中有厂长的孩子,有部门领导的孩子,他很茫然,思考自己有什么优势,能够建立什么样的优势。张力文开始练体操,想把身体练得壮壮的。他修了两个专业的课,那时候还没有双学位的说法。虽然家里穷,但是好在兄妹多,张力文的哥哥妹妹已经出去打工了,他们一起两个月给他150块,他每个月有25块助学金,还能在图书馆工作得到25块,居然造就了"我那时唯一不匮乏的可能是金钱"的境况。张力文很愿意帮助同学,经常借钱给同学,他善于结交朋友,和大家的关系很好。等到大学毕业分到南平铝厂,他开启了一路向上的人生。

像谢天琴和张力文那一代的大学生,依靠高考和大学生活完全改变了人生。他们习惯性地相信，这条路永远是更好生活的通道。在他们的理解里，像吴谢宇这样的下一辈能够成为北大的一员，已经是超额完成了人生使命。在物质比较匮乏的年代，他们都能获得愉快的大学生活；如今物质早已不是问题，年轻人获得了这么好的资源，他们还有什么不满意的呢？他们怎么会过得不好呢？

吴谢宇的大姑阿花也以笃定的口气向我们提到，弟弟不幸英年早逝，但小宇争气地考上北大，今后吴家的出路就指望他了。曾经的小姨父刘裕宗也看似淡淡地说，吴谢宇考上北大后，还指望着他以后也能帮到自己的孩子，毕竟两个孩子只差一岁，又是这么近的亲戚。

吴谢宇能够像他父亲一样，背负起这样的期望吗？

变通能力

吴谢宇的世界看上去由妈妈和高分构成，再无其他的对外连接。怎么面对变化的外界、怎么处理人和人之间的关系、怎么在变动的世界里重新看待自己——这些能力，谢天琴也不具备。但是谢天琴大学毕业就进了中学工作，她一辈子待在一个"铁饭碗"内，可以不用和外界打交道。吴谢宇面临的处境早已不一样，哪怕只是在大学里，他就发现他完全应付不了这样一个小社会。而吴谢宇还想着把妈妈从哀伤幽怨的泥潭中托举起来，但托举别人，首先需要自己能站稳。

因为数学成绩不理想而质疑自己的向蔚说,她在北大过了很久才意识到大学里的选择是一个非常灵活的过程。"它考验的是你思维方式的升级,但这个摸索过程只能靠自己。"她发现自己很长时间里停留在高中生的思维:必须要先做到A,才能做到B,接下来才能做到C。"大学生活让我发现原来可以先做一半的A,然后想一想,我可以再做一半的B,或者说我就已经可以先做C了,不用堵在原来的思维里。后来我回头想入学之初的困难,学不好的课为什么不及时退课呢?我把那些课放到大四或者某个我空一点的学期去修学分,又能怎么样呢?但在当时,我想都没想过,就是觉得某一个门槛过不去,后面就完了。"

上大学之前,向蔚不用真的为自己做决策,她在一个被规定的通道里埋头往前拱。"大家都觉得你应该学习,我就一根筋地学习;后来在北大遇到挫折要自救,我就一根筋地自救,就是这样。"吴谢宇后来透露出来的心路历程与此也非常相似。

向蔚在北大还感觉到一种人与人之间的压力,害怕自己被边缘化。"北大的人或多或少是比较自我的。遇到困难时,我也要强,不肯说出来,主要是说不清楚那种不好的感觉到底是什么。大家各自顾自己,人家也没有时间听你说。"她有一种模糊的感受,当她处在迷茫自责的泥塘里时,如果不自救,可能没有人会救她。

本来他们明明是在中国顶级的大学里学着热门专业，今后将从事薪水不错的体面工作的年轻人，仅仅从一个实用的标准来看，这对于多数人也是一个很好的出路。但是如果只把眼睛盯在学习名次上，用高中生的心态来刻舟求剑，他们就找不到那把过去让自己非常自豪的"剑"。新环境带来的强烈冲击可以帮助一个人重建自我，也有可能彻底摧毁某些人的自我。

与吴谢宇同寝室的杨冬明看得比较通透，他跟我们分析说，经济学本身是一个很世俗的学科，就是研究资源的分配。资源分配涉及社会生活，所以它其实是一个社会学科，与日常生活紧密相关。大学并不是要把所有人都培养成经济学教授，这不是教学目的，所以传授的还是一些比较基础的概念，这些概念会涉及一些模型，但数学并不是经济学的全部。少数学生追求在顶级期刊上发表文章，那他们可能需要数学非常优秀，但是对其他经济学专业的学生来说，他们不用困在一个很小的局部里，应该看到更大的面貌。

杨冬明看到的实质是，在各种新处境面前，个人是有选择的，是可以发挥主动性。而一个人遇到不好的处境能否接受自己，考验的是他的心理调节能力。萧丽丽在感到自卑之后，发现北大是一个很开放活跃的地方，只要一个人有特点，就会被识别。"我那时演讲能力很好，所以也是被认同的。"

而李又廷的自我心理建设很有趣："高中时候我能做一个学霸，是因为我的竞争对手不行；大学的时候我的竞争对手太行，所以我没有办法考到前几名。"李又廷接受了自己在大学中等偏下的成绩，他不愿意在课堂上多发言，不想丢人现眼，但会在课堂上认真听讲，记好笔记。他知道自己肯定能安安稳稳毕业，绩点差一点无所谓。"我肯定不是让母校引以为荣的毕业生，只要自己日子过好就行。其实说到底，毕业的时候人家看的不就是北大那块牌子吗？所以我自己心里想，不管我考得再好或再差，都是北大毕业的。拿这么多奖学金干吗？我也不差这点钱。就这样，我就调整过来了。"

而他作为上海考生的身份又给了他一层自信，"我的英语水平接近英语母语使用者，这个就是上海地区给我的优势"。他分析说，英语考卷满分150分，他最多也就考150分，也许人家高考的英语成绩和他只差几分，可是实际英语水平远远不止差这么点，"有些东西并不能反映在分数上"。而且他的日语水平也很高，"这是我在上大学之前就完全掌握的。如果你来自一个偏远地区，英语掌握得不错就已经很了不起了"。

李又廷说想清楚这一点，相当于做了一个取舍和决定，他大概就知道了在北大几年应该怎么过。学习要过得去，但不用太在意，他更愿意在北大享受生活，接触多元化的圈子和人。他不准备搞学术，毕业后就去工作，所以找到高质量的实习机会对他更重要。

他对自己同学的整体评价是:"北大的学生都是目的性很强的人,知道自己要什么。刚进来的时候可能经历一个学期、一个学年的迷茫,很快就调整过来了。我觉得这是北大学生作为一个比较聪明的学生群体非常典型的特质,大家知道自己要什么。"

北大的圈子

萧丽丽也说,北大的学生都是很聪明的人,很快就能对自己的能力做一个判断:我在这个方面与同学的差距是追得上还是追不上?我要花多少力气去补差距?还是说我守住我的优势,把优势发挥好?这是一种对自我独特性的确认,同时也能帮助自己在集体中找到归属感。

以体育特长生身份进入北大的龙潭,也表现出很强的自我调节能力。大一下学期,他谈恋爱了。"我找了一个分数很高的女生,我也不是特意找一个分数高的,但是她的分数确实很高,我就有了一种'就算你不是这个学校的孩子,但也是学校的女婿'的那种感觉。"大二时龙潭被推选为学院的体育部部长,还被选为学代会代表,"我有了一种自己真正被认可的感觉,我都可以代表我的同学们了,那我还不是这个集体中的人吗?肯定是"。

龙潭是北京大学足球队的一员,代表北大参加过很多比赛，还代表中国参加过国际上的友谊交流赛。他分析自己的特点，觉得自己的优势是情商不低、待人真诚、注重团队合作。当同学们对学校的一些新规定有意见时，他能代表大家去跟学校交涉，表达大家的心声。所以，虽然考试考不过大家，但龙潭在北大的感受非常好，"一些单纯学习的人，他可能根本不知道怎么去代表同学与学校谈判、交流"。

这些体现了北大的一个重要特点：最受欢迎的学生，远远不是高中那种学习好的学生。

李又廷把这些归纳为——北大的圈子文化很浓。有些人叫作"学生会咖"，有些人叫作"社团咖"，有些人叫作"恋爱咖"，有些人则是地道学霸。"社团咖"指那些社团——比如北大的山鹰社、自行车协会、模拟联合国之类——玩得特别好的同学。李又廷说他没见过哪个人混社团当社长的时候还能学习成绩特别好，"你必须要有所取舍，不然的话什么东西都还行，那就是中庸"。

这几个圈子很难互相跨越，每个人精力是有限的，如果一个学生想在某方面有所成就，就得放弃其他方面。李又廷对大学生活的总结是"我体验到了北大多元化的大学生活"。他觉得自己有短期突击学习的能力，但不是能潜心学术的人，而很多企业招聘强调学生的综合素质和领导力，所以志愿者经历、有分量的实习、创业大赛等都是很好的加分项，他就在这些方面做了积累。

萧丽丽意识到圈子文化，是在她谈了一个北京四中毕业的男朋友之后。"我才发现原来学校是有圈子的。一旦你进入了一个圈子，大家会告诉你哪些老师的课比较有意思，然后大家一起选课、上课，一起参加很多兴趣活动。这样即使你的成绩不好，你也会觉得自己的某些方面是有所安放的。"

父母的类型

正如与吴谢宇同寝室的杨冬明所说，虽然大家住在一起又都是福建老乡，但他们寝室的同学从来不谈论各自的家庭。或许正是大家都聪明又敏感，而背后的家庭状况千差万别，在一个非常经济化的社会，家庭状况远远不再只是一个人的情感关系，它太容易显示出人与人之间的差距了，在同学中反而成了一个敏感话题。

但对于一个个具体的年轻人来说，大学是进入社会之前的关键成长期，一个人怎样度过他的大学、怎样为今后的人生做打算、遇到困难该怎么办，也与他到底有没有建立起自我以及从家庭获得了怎样的情感资源有关。

向蔚说，从小爸妈对她的期望值就很高，而她刚好又用自己的优秀满足了父母的期望。"我爸妈从小不鼓励我，不注重沟通技巧，很情绪化。我从小到大，每次都是他们先把话说得特别绝。他们会说，我一定会按照他们设想的最坏方向发展。而在一个人很小的时候，会自动接受爸妈说的这一切。他们觉得你做得好是应该的，你做得不好就一定要从自己身上找原因。他们在别人面前会表扬我，但我不知道他们是不是真心认同我，那种表扬也只是为了他们有面子，我经常很没有价值感。中国的'90后'，大家都喜欢用'咸鱼'来自嘲，觉得这种感觉是很正常的一件事情。所以不只是我一个人没有价值感，我觉得很多'90后'都是这样。"

虽然向蔚觉得父母给自己带来了很不舒适的感觉，但是她对父母的反抗并不明显。她后来跟父母探讨，觉得父母应该检讨对她说过的那些话。"小时候，我是一个弱者，如果现在我把同样的话用同样的语气去跟你们说，你们会不会觉得有点不对？"

但是在更大程度上，她认为自己和父母之间，是甲方和乙方的关系。父母是甲方。"我们这一代人，越来越意识到了，父母就意味着你的社会资本。特别是在一个你房子首付需要父母支持的环境下，你不可能不尊重爸妈的意见，对不对？作为独生子女，爸妈也确实对你寄予了厚望，爸妈对你的很多要求和态度，都是因为你是他们唯一的小孩，对不对？"所以她认为，家庭关系，是一个人体验到的权力关系的缩影，"在你长大的过程中，你和父母争夺的是一种权力关系"。所以这种关系并不那么可爱。父母只要她追求高分，只用顾学习，其他都不要管。大学受挫的经历，让她意识到，如果父母能够让她从小更多与其他人互动，让她生活在一个微缩社会里，她后来会更适应真实的社会。

而对于其他一些同龄人来说，有的与父母关系更为平等。杨冬明说自己和父母的关系一直很平等，父母很尊重他的想法。李又廷说，从小父母对他的学习成绩有要求，但并不太苛刻，他考上北大已经远远超过了父母预期，所以在北大他做什么选择，父母都很放松，"我爸这人比较普通，但是很爱家人，我们比较平等"。

龙潭说起自己和父母，"我和我爸是可以一起喝酒的关系，比较哥们儿"，他爸爸人脉广泛，给他的空间大，也能指引方向。他在中学时走了"国家高水平运动员"的路径，为此他从一个省重点中学转到市重点，这是极其少见的选择，"但是我爸发现这件事情对我有利，他就不会在乎世俗的看法"。他大学期间花费不菲参加了去牛津、剑桥的访学团，也不时去海外旅行，"父母都很支持，大学是看外部世界的好时候，以后时间上就没这么自由了"。

关于出路的模板

但是对吴谢宇来说，他显然没有一个比较平等、宽松的家庭环境，父母也难以提供支持性的见解，他仍然执着于"怎么才能考第一"这个问题。像他一样的同龄人也不少,他们把出路理解为一个模板,好像踩错了一步,人生就很危险。

向蔚说,在模板思维里,一个北大经管院系学生的典型思路是:走学术方向还是职场方向?走学术方向就要做到大一、大二成绩非常好,绩点达到3.8或者3.75以上;如果想进投行,就要在各种寒暑假积累著名投行的实习履历,大一、大二时去做咨询顾问的助理,大二暑假要去一家不大不小的机构刷一个简历,或者去一个海外的暑期学校。光华学院的学生大三时一定要去欧洲或者美洲的商学院交换一个学期,大三暑假要找一个特别厉害的实习,这样才会决定大四的return offer(转正录用函)。

在这套模板里,金融工程的学生大一、大二的专业课绩点要保持特别高的3.8,大二开始要修数学双学位,大三一定要把GRE考出来,大三暑假去刷一个量化金融证或者去基金会、银行的策略部门刷一个实习,然后大四上学期提交申请,到美国以后就开始做working,研一暑假去一个大机构做策略,然后就能拿offer。

对一些高中时期习惯了刷题的学生,这套模板仿佛他们高中时的高考"圣经",提供了一套清晰可循的路径。如果没有照章可做的路径,他们反而慌乱。但是,在大学里存在着多维度发展和选择的可能性,一个人如果不是敞开自己去拥抱变化,不是根据自己的特点一步步往前探寻,而是固守标准严苛的模板,很可能会感到非常挫败。

李又廷提到他们班上一个"小镇做题家"类型的同学，永远是自修室一开门就冲进去学习，很少社交，也不参加社团。他用刻苦学习换来前两三名的成绩，但没有办法保住常胜将军的位置。同学们能明显感觉到，他在北大过得并不开心。大三上学期这位同学去国外当交换生，发现自己的水平"可以把整个班级的同学按在地上摩擦"。李又廷说："他说了一句很经典的话，让我都惊了。他说'我知道外国人有点菜，但没想到他们这么菜'。"李又廷的看法是，这样思维的同学，脑子里只有分数，很难真正享受大学生活。

2013年秋天，读大二上学期的吴谢宇处在看上去学习热情饱满的阶段，他在学校附近一个机构报了GRE培训。学生报名的目的都很明确，就是拿GRE高分申请美国最好的研究生院。这家机构的一位负责人王伟宁在接受我们采访的时候，非常强调他们的优势，他对事情和人物的描述也颇具所谓顶尖高校毕业生的优越感。王伟宁要求把他们的机构描述为"北京一家专门面向海淀区高校院所指导GRE备考和学术发展的机构"，"我们最早的几个创始人和不显名的内容贡献者，是比他们大一代的学神，基本都是职业科学家。我们有能力对学生学术发展潜力给出主流评判意见"。

2019年接受我们采访时，虽然距离吴谢宇在这家机构学习已经过去了五六年，但是王伟宁对吴谢宇的印象仍然非常清晰。"一是因为他在北大和我们这儿的学业都比较突出；二是他比较有特点，思路清楚、反应迅速，说话语速比较快，待人很积极，见人都打招呼，举止得体有礼。"

吴谢宇在这里表现的学习目的性和规划性很强，也非常自律。大二的他已经在大量阅读经济学专业的英文论文，而多数北大学生要晚一两年才做这些功课；他在规定的时间框架内完成了机构的学习课程，而多数学员都会拖沓。

机构的督学与吴谢宇互动比较多，吴谢宇每次交流前都会事先列好要解决的事项，他对自己在学习上的不足有明确的认知。王伟宁说："比如GRE题目答疑或测验反馈，因为我们强调的是严格基于学术阅读的信息整合和判断输出能力，虽然是北大学生，一般还是需要老师带着挖掘深层问题逐步引导的。他是自己先看完卷面，主动列出待提升的几个疑问点，而且往往问到一半，就能自己调整思路补全其余的一半。这不多见，就是说，他的学习曲线很陡。"

王伟宁认为吴谢宇做学术的潜力很大。"原因有三方面，第一，他在北大经济学院当时的GPA是3.8左右，这在全学院200人中能排在很前面，并且经院不像数院，没有人能绝对第一，没人敢称'学神'。第二，他在这里的研修表现很突出，我们的课程对北大学生来讲也是很难的，相当于一个辅修专业，而且大家都是零基础，但他理解就比较透彻，能够在规定时间内高质量地完成进度，最后的GRE成绩也反映了这一点。第三，我们这个学术社区里的学生，很多是各个院系的前几名或第一名，也就是未来一代各个领域最前沿的科学家，他在这个范围里仍然能给出比较顶级的研修结果反馈，这种跨院系的横向对比就很能说明问题。"

但是吴谢宇这个人有什么性格特点呢？王伟宁说，跟吴谢宇接触时，不怎么能感觉到他内心真实的声音和情绪释放，"他一直都是明确解决问题式的交流，就跟工作一样指向结果，感觉不到情绪"。

当2019年吴谢宇被公安机关捉拿归案时，王伟宁回忆起跟吴谢宇一起学习的经济学院其他同学，"他们那一级2016年本科毕业，现在大多在美国最好的研究生院读PhD"。

吴谢宇在大学里的孤独和挫败，让他有了一种缓慢地溺水而亡的感觉，他不知道呼救，但在慢慢往下沉，而周围的人毫无知觉。当他不再能通过高分模式获得价值感，就被迫面对自己生存的最核心问题：如果不是为了满足别人，那么我存在的意义，到底是什么？

第七章

踩 空

大三的分岔

2014年9月13日,大三刚刚开学不久,吴谢宇参加了GRE考试。335分,超过了他给自己定下的330分的目标。马老师记得,她与谢天琴在操场散步的时候,谢天琴向她说了这个好消息,马老师对具体分数没太多概念,但记住了这个分数是"全球前5%"。

这似乎是吴谢宇在学习上所做的最后努力,分数相当不错,但肯定到不了他曾经在高中独享第一名的程度。他也没有对这个分数表现出任何满意。进入大三,吴谢宇的寝室生活发生了明显变化。同寝室有两个同学在这学期选择了出国交流,只剩下他和另一名同学在北大继续之后两年的生活。

在大家看来，吴谢宇以后也是要走出国做学术这条路的，大三出去交流一学期会帮助他以后申请到顶级学校。杨冬明出去交流了半年，出国半年的总体花费因人而异，北大也有不少奖学金来支持，但吴谢宇一向不会开口寻求帮助，他没有与同学讨论这件事。

谢天琴那时候一个月的工资4000元左右。她一向非常节俭，吴谢宇读高中时用的手机还不是智能机，他有时候用同学的手机听听摇滚，"听死亡金属的那种"。大学同学口中很随意的一二十万元的花费，是吴谢宇不敢想的。杨冬明本科毕业后去了美国留学，由于文科专业申请硕士很难拿到全额奖学金，所以杨冬明"一年全部学费加上生活费，大约六七十万元"。

这本来是吴谢宇要走的路，但他了解后才知道，硕士阶段需要自己出的费用居然那么多，如果读博士，短期要付出的费用会少一些，但是整个回报期就很长。进入学术体系，其实和体育竞技有类似之处，都需要一个人有顽强的意志力，迅速了解规则和掌握规则，习惯竞争甚至以此为乐。这样才能在一个严苛的体系里，用天赋和毅力慢慢往上爬。如果选一个排名不那么好的院校，费用可以有所下降，但对于只觉得考第一名才有意义的吴谢宇来说，退而求其次的选择可能就意味着完全的失败。他后来总结自己的学习生涯，提到大学时就是"我再也考不了第一了"。而吴谢宇在大二分班后的经济学系里，他的成绩是三十四人中的第二名。

在大三上学期出国交流这个机会面前，吴谢宇的失落显而易见。这不是某门考试得第一名就能解决的，它是一个系统决策，也是对一个人家庭经济能力、资源和视野的考量。

更要命的是，当他窥见了学术这条路的漫长和严苛之时，他的力气已经使完了。从中学到大学，他以苦学获得了分数优势。当他以冲刺的劲头保证大学一、二年级获得不错的成绩之后，才发现真正做学术的道路还没开始。未来还有那么多年，如果苦学模式持续不下去了，自己是不是就没有出路了？在很大程度上，他把自己看作获得高分的工具，一旦高分没有了，这个工具本身是不是就毫无价值了呢？后来，他向一审辩护律师提到当时的坍塌：他花了这么多力气才学成这样，为什么别人不费吹灰之力就学得很好？

如果吴谢宇能够敞开心扉去谈论他的难过，去试着面对他的困惑，这无非是多年后他回忆起人生时的一段波折，但是从来不与他人谈论感受的吴谢宇，后来说起自己的心理活动——想要去向人求助、求救，却总疑心着："我一旦向人求救了，那就不得不让别人知道我和妈妈的脆弱和痛苦了，那别人就要看不起我，看不起我妈妈了。我去向人求助，那丢的不仅仅是我的脸，更可怕的是我还要让妈妈也丢脸了啊！"

第七章 踩 空

从他的心理状态来说，即使在北大的校园里，也随时"携带"着妈妈。他和妈妈似乎是俄罗斯套娃，妈妈的躯壳下边装着整个的他。在他的头脑里，他的行为和表现决定了妈妈的荣辱。在他后来写下的自述材料中，反复出现的表述是："自己再也考不了第一名了……我对妈妈的意义也就到此为止了，那我此生也就到此为止了。"

出国交换的事情，学生在大二就会开始接触，然后做决定。大二上学期，在光华学院选修了营销学原理的吴谢宇还斗志昂扬，但是根据他在2021年一审判决后的自述材料，大二上学期的学习劲头很快就持续不下去了。2014年下半年，他"终于把自己逼到了这么一个临界点"，"每天都挣扎在无尽痛苦、绝望的黑暗深渊中，觉得好累好痛苦，一点力气也没有了"。他仍然为考GRE而进行紧张的英语培训，每周两次课，每次下课晚上9点多。他说自己经常会跑到大厦18层，想着像"哥哥"（张国荣）一样从18楼跳下，结束痛苦。

让人吃惊的是，有一次他又徘徊在高层有跳楼想法时，一看时间，快到晚上10点了，这是约定了和妈妈打电话的时间。吴谢宇赶紧下楼了，因为和妈妈打电话是一天中最重要的事情，远比上课考试还重要。

2015年吴谢宇和妈妈提过一次想自杀。妈妈回了一句："你想自杀？那我也活不了了，我也想死。如果你要自杀那不如我先死。"

在马老师、大姑的印象中,"小宇以后是要出国发展的"这个看法已经根深蒂固。这也是2015年7月谢天琴看似不打一声招呼就离开、跟着儿子去美国,周围人却不觉得奇怪的原因。吴谢宇向亲友们提前告知了自己成功的路径——去美国继续读书,然后当大学教授。当他发现这条路需要的金钱、心力远远超过他的预期时,他就像一个被针突然刺破的气球,快速瘪了下去。没有选择出国交换,在吴谢宇心里留下的阴影不小,后来他把这个转换成了弑母后骗钱的理由,向亲戚朋友借钱,说的理由都是要去美国做交换生。

如果一个人只是为外在要求而存在,当外部世界发生了变化,最尖锐的问题指向了他的内在:他到底为什么而活着?如果核心的自我一直没有建立,他会像一团热气一样蒸发掉,就好似从来没有存在过吗?

如果不是到了全国顶级的精英荟萃的大学,如果吴谢宇还能以分数获得绝对优势,他性格中隐藏的导向罪恶的因子,是会更晚些爆发,还是有可能通过其他经历慢慢获得救赎?但残酷的事实是,一旦他分数领先的绝对优势不再,他的内在就发生了难以挽回的大地震。

吴谢宇不愿给自己减负,根本不允许自己放松休息,常常幻想"我是一个机器人"。他后来写道:"这些身体问题只不过是对我意志力的考验!我可以凭借我自己的意志去逆反一切规律!只要我意志力足够强大,就像尼采说的

'超人意志',我就能够把我的内体化为一台像终结者那样的机器人、超人!"

已经学得太累了,接下来还有毅力去维持这么高强度的学习吗?吴谢宇退缩了,他首先想到的是,这条路要走下去,自己的身体是否能够支撑住?

怨 恨

吴谢宇对自己身体的担忧一下子将他带回小时候的记忆,哮喘和过敏带来的状况曾经使他被小朋友嘲笑。更刺痛的场景,是父亲的去世。爷爷39岁肝癌去世,父亲43岁同样因为肝癌离世,家族的宿命以遗传病的方式成了悬在他头顶的一把利剑。

在大学里,他有时候咳嗽起来,呼吸声显得比一般人重,但是寝室同学也没有特意问他。吴谢宇专门买了一套健身的椅子和哑铃,在宿舍锻炼身体。有一次,他觉得自己心脏难受得很,半夜起来去了校医院。医生的判断与他高三住院时的判断一样,只是心律不齐,不是什么大问题。但吴谢宇对这个说法很不满意,他总感觉自己得了和爸爸一样的病,"快到期了"。

2013年2月25日,他在人人网的留言很焦虑,"我开始从内心拒绝体检,开始深信人应该糊涂一点活、糊涂一点死,绝对不要在医院里查病、治病,如果得了大病就直接死掉好了，不要用治疗来延长无尊严的生命"。

到了大三，他的想法更极端了。"我爸为什么会死？我日日夜夜在想，一开始我是知道'我爸是被肝癌夺去了生命'，但我不接受这么简单、轻描淡写的答案，我一定要透过现象看本质，我一定要找到根本原因、本质原因。"爸爸的离世，在吴谢宇不顺利的时候，似乎为他找到了一种愤怒的理由。他推断出，爸爸最后回老家是没有办法的选择，"肯定是家里花光了钱，缺钱才放弃治疗、回家等死的"。

没有办法面对新的变动的生活时，"失去"就变得不可原谅。多年后在写给舅舅的道歉信里，吴谢宇承认自己"实在太想能在心里找几个人去怪罪，去和我一起承担分担这罪责"。哪怕是父亲去世后，亲人们劝他"节哀顺变""照顾好妈妈就是对爸爸在天之灵的安慰"之类的话语，也让他回想起来充满怨恨，觉得他们说得轻巧，"和没事人一样"。"如果真正爱我爸，在乎我爸的人，怎么可能节哀得了？顺变得了？只有一种解释：只有我和妈妈真正地爱爸爸，而其他所有人都是假的，都对我爸我妈对我们家无情无义、虚情假意，没了爸爸，我和妈妈只剩下彼此了，别人谁都不可靠、不可信。"

他对大姑阿花的情感，与爸爸很不一样，虽然吴谢宇知道大姑牺牲了自己的前途供养爸爸读书，但对这种恩情他并无切身体会。他后来向大姑坦白，大学里他认为"我和妈妈走到今天这走投无路的死路,都是从爸爸去世开始的,都是从爸爸死不瞑目开始的","不是因为你做错了什么,而是当时我心中郁积着一股毫无理由、不可理喻、歇斯底里的怨气……"。

吴志坚去世那天,谢天琴怕影响儿子学习,通知他晚了一些。等吴谢宇跟着亲戚赶到老家,爸爸已经咽气。大姑跟他说,他爸爸死不瞑目,死前还喊着"小宇,小宇"。爸爸最后到底要跟他说什么呢?吴谢宇越是不顺,越是迫切地想要知道爸爸到底要交代什么。而因为大姑提到爸爸死不瞑目,他对大姑越来越怨恨了。

在吴谢宇的头脑里,他为自己的遭遇构建了一个新的因果关系:本来一家三口好好的,爸爸去世导致家破人亡。而妈妈因此太过悲伤,想追随爸爸而去。既然妈妈不想活,他就帮助妈妈来成全她。而爸爸妈妈两边的亲人,包括爸爸的几个朋友,在他看来,是他们一家三口悲剧的看客。他头脑里出现了影视剧里小马哥为阿豪,萧峰为段誉、虚竹两肋插刀、守望相助的情景,他认为他们应该"为兄弟两肋插刀,为亲人肝脑涂地",进而认为自己的境遇"一定是我家的亲人朋友,对我爸见死不救"而导致的。

吴谢宇说他和妈妈之间隔着厚厚的心墙,基本不会交流心里是怎么想的,但是他记得爸爸去世后,妈妈对马老师这些老朋友的抱怨。谢天琴在给去世的丈夫写信时,对自己的弟弟妹妹也充满抱怨。"在这金钱至上的社会里，根本没有真正的手足之情，我们姐弟三人尤其如此。大家都相互猜疑，互相指责，特别是×××，有了几个钱，总认为别人都是为钱而去的，好可悲！我讨厌我家，讨厌接到他们的电话……今后尽量地少回去……你的家人更好，没钱才单纯……总之，很烦……"但是当她真的要面对缺钱的吴家大家庭时，吴谢宇记得妈妈有时候会跟他说："你要做一个无情无义的人，你看看你爸，就是因为整天为老家的破事操心，心理负担太重，病才不好的。"

吴谢宇在头脑中构建的这些想法，是怎么导向要杀掉母亲的结论，他自己也说不清楚。"大学里我脑子里已堆积起太多的主人公、太多的价值观念，他们全部互相冲突、互相矛盾，这个告诉我要做这样的人，那个告诉我要做那样的人，我那时整个脑袋已乱得像一团糨糊，我真的不知道该听谁该信谁。我真的不知道，我该做什么样的人，我该怎么去面对我和妈妈、我们家的困境啊！"

被各种学科知识填满头脑的吴谢宇，竞赛解题的方法一套一套，他写的GRE高分攻略在网上让学妹学弟们很赞叹。但是剥离掉这些工具化的知识，作为具有情感、需求和价值观的个体，他竟然在困境里难以自拔时做出了让母亲离开人世的决定。

而对从小看着他长大的大姑小姨这些亲人，吴谢宇没有从和她们的直接接触中去感受她们是什么样的人。妈妈有怨言，他就为自己的怨恨找到了合理性。他并没有独立的思考能力，后来吴谢宇也向大姑承认他内心的傲慢，当他能屡次用第一名来证明自己时，不用在乎其他人的看法，他可以完全相信自己的判断。

男人的问题

在吴谢宇的困惑当中，有一件难以启齿的事情，是他因为无法戒掉手淫的习惯而对自己失去信心。这也是他在失意时尤其痛恨自己没有爸爸的原因。"我好恨自己当初爸爸在时，从没和他好好说说话，从没请教过他。他走了，我本能地觉得这些问题属于'男人的问题'——'怎么做一个男人，怎么样才算是一个合格的男人，一个男人应该做些什么'，我觉得这些问题对我极其关键，但只能去问一个'男人'才行。我真的好想有一个'男人'能为我答疑解惑，指点我人生和生活应该怎么做、怎么过。"

在爸爸活着的时候包括病重末期，吴谢宇逃避了有可能与爸爸交流的机会。性、疾病、大家庭的拖累，爸爸似乎成了各种禁忌的代名词。"爸爸走后，我就天天在后悔，后悔为什么我没能早点问他，他希望我以后做一个什么样的人。"自己的困境越深，再回想爸爸的去世，情绪就越激烈，"我想象着爸爸最后的话就是我的答案，能解答我心中一切疑问与困惑，能给我拨开眼前无尽的漆黑迷雾……"。

男人的问题，确切地说，是吴谢宇面对性的欲望。从小的家庭交流里，情感的涌动是缺乏的。他越想压制自己的七情六欲，身体的欲望就越显得强烈。在2021年写给舅舅的道歉信中，他说："心中有太多痛苦恐惧难受委屈，负面情绪不知该怎么办，但我不能对妈妈说一丁点，因为我不想给她施加一丁点负能量和压力，我好心疼她，于是我早早学会了无视强压与逃避，无视心中情绪，无视不了就用意志力强压，实在压不住太难受我拿性彻底逃避。"

爸爸活着的时候没有办法面对，爸爸去世后，又能找谁来诉说这种困惑呢？吴谢宇与同龄人没有真正交心过，在可寻求的长辈资源里，他一度犹豫过：要不要跟舅舅聊聊？

吴谢宇说他想过向舅舅倾诉，但在给舅舅的信中他说"回老家时，不知怎的，我觉得你有些沉默。我有些怕，不敢和你多说话"。读大学之后，有一次假期谢天琴因为有事，让吴谢宇搭舅舅的车回老家。吴谢宇记得这是他和舅舅的唯一一次独处。"那时我的大脑已经很混乱了，我读的是经济学专业，我在书里学到的那些模型，我觉得好虚幻抽象，和现实好像差距很大，而你又是自己做生意，所以那次路上我好多次都想向你请教、问你问题，想听你告诉我现实中的企业啊工厂啊都是怎么办的。更关键的是，那时我的人生态度已经很悲观很消极了……"

和舅舅两人相处，吴谢宇发现舅舅挺沉默。在服务区吃饭时，吴谢宇多次想向舅舅开口，但没有办法说出他的感受，"我从小到大都从没学会怎么和人倾诉我内心的想法，我从没有一个交心的朋友……"。

舅舅谢天运并不是一个好的求助对象。谢天琴从小就在乎自己生在盲人和"右派"家庭，三姐弟里头，妹妹谢天凌的性格最外向泼辣。谢天运跟谢天琴的性格更接近，不爱与人产生牵连。谢天运既是刘裕宗的大舅子，他们也是从小一起长大的邻居。刘裕宗讲人情义气，在他看来，谢天运一直是个不通人情的人。当初谢天运离开仙游老家去当兵，是让人羡慕的出路，刘裕宗特意买了好烟和打火机，让谢天运去给左邻右舍发一圈。谢天运拒绝了，觉得这种做法莫名其妙。

2006年左右，仙游的红木生意发展了起来，财富终于刮到了这个在莆田致富比较慢的区域。本来谢天运和谢天凌都没有像姐姐那样走读书人的路子，在仙游老家靠各种不稳定的机会谋生。这次谢天运和老婆一家人赶上了这波红木生意的风口，赚到了钱。谢天运的生意做起来了，谢天凌夫妇一直承担着更多照顾盲人父母的家庭责任，按照刘裕宗的理解，大舅子既然发家了，就应该带动他们一起致富。刘裕宗向大舅子提议了好几次，"我也不会白白占你便宜，你开店我可以出钱入股，或者找其他的合作方法"。在莆田，"同乡同业"的生态发展得非常成熟，很多莆田人靠着家族、老乡形成了某种具体的产业优势，比如遍布全国的金器加工、加油站、轮胎加工等生意。

但是谢天运没有同意，这种做法在莆田非常罕见。2008年，刘裕宗相当于谢天运的员工，谢天运一个月给他3000元工资，刘裕宗越干越生气，"普通员工都有年底红包，我连个员工都不如"。谢天琴的父亲活着时，他和老婆照顾老岳父最多。谢家所有需要与外人打交道的琐事，基本是他在忙活，他觉得自己为这个家庭付出了很多，谢家三姐弟却不领情。

吴志坚有次在谢家跟刘裕宗聊天，对他大加赞扬，"你这样的能力和性格，在我们企业里，是能够当领导的料"。刘裕宗一直觉得自己在谢家的作用没有被承认，却被连襟吴志坚一下子点了出来。吴志坚说的话让他觉得非常体贴，内心很感激。后来，吴志坚又跟谢天琴提到，刘裕宗是有能力的人，他现在发展得不好，有困难，"我们能帮应该帮一把"。虽然吴志坚没有能力真正帮到刘裕宗，但就这几句话刘裕宗一直记得，"他是个特别通情达理的人"。

在刘裕宗看来，谢家有两个男性最讲道理。一个是他的老岳父，心中很有气象，即使后半辈子眼瞎，但一直心明。20世纪90年代刘裕宗跟谢天凌结婚时，家庭条件很普通，谢父没有丝毫不满意。刘家拿出3000元彩礼金交给谢父，他高兴地接下来，转身就给了新婚夫妇，让他们去买家电家具自己用。再一个就是吴志坚,他能看到刘裕宗为谢家的付出,一直肯定他的能力。

2012年,处在低谷期的刘裕宗跟谢天凌离婚了。如今面对我们的采访,他一直感慨,家里最讲道理的两位男性如果还活着,事情到不了这一步。岳母从小眼瞎,没有社会交往能力,所以遇事缺乏主见,他觉得怪不了老人,但是谢家三姐弟在他离婚过程中表现出的冷漠,让他非常伤心。最后闹翻时,他指着谢天运的鼻子说:"你们一家没上过社会的大学。不要说一个人学历高不高,没上过社会的大学,很多时候你们的思维跟一般人是反着的!"

怎么证明我爱妈妈?

对于两边家族的亲戚、爸爸的朋友,吴谢宇内心一直有很强的优越感。父母都笃信考第一的价值,而他也因为高分被父母和整个社会体系都认可。分数之外的性格,吴谢宇表现得很阳光,犯案后他才说"表面上的阳光开朗不过是我为了不让妈妈担心而戴的假面具","我无法控制自己整天去猜、去怀疑、去揣测别人的心"。

无论大姑一家,还是吴家其他亲戚,基本都是普通阶层;小姨和舅舅的文化程度比不上他们家。吴志坚和谢天琴是两边家族的骄傲,他们一家在小环境里,是让人羡慕的。不向人求助,很大一部分也来源于这种优越感。

大学三年级时，同学们都忙了起来，各自为选定的道路而努力。在一个多元环境里，没有人在乎吴谢宇能考多少分，他所需要的外在肯定变得越来越少了。他就像一个缺氧的人，完全失去了能量。

到了2015年春季，大三下学期，杨冬明在国外交流结束后回到北大，发现吴谢宇的生活习惯有了明显变化，他没有之前显得外向和健谈了，安了床帘，过去从不吃外卖的他开始点外卖，很少出宿舍。吴谢宇喜欢看悬疑推理小说，向同学推荐过东野圭吾，说情节构思很巧妙。跟他一起选课的同学发现他上课的时候趴在桌子上，一只胳膊伸出去，脑袋搭在上边，有气无力的样子。但是，吴谢宇在同学面前没有流露过情绪的起伏，看上去始终是平静的。

后来吴谢宇提道："我一次次想要找个人倾诉求助，却一次次因为太怕被人嘲笑被人看不起而放弃。"吴谢宇跟大学辅导员说，爸爸来北京工作了，他需要搬出去和爸爸一起住。他找到自己学GRE的机构，提前预支了6000元奖金。他是一门课的小组长，却开始经常旷课，同学联系不上他。2019年吴谢宇向一审律师形容自己这段在北京的日子"惶惶不可终日"，他已经不准备出国了。

这时候的吴谢宇开始沉迷于网络小说，完全放弃了学习。他发现小说里的人物都是一些大家族的继承人、官二代、富二代，"我觉得很羡慕他们，他们的生活只有快乐没有痛苦，而且很容易成功，整体都在享受"。他对比自己的经历，觉得想不通，"我爸妈为什么把我生下来？让我天生这么痛苦？我觉得生活毫无希望，很黑暗。如果他们没有生下我，我也不会这么痛苦，我妈妈也不会这么累"。吴谢宇用长时间的幻想来让自己麻痹，"去幻想小说里的场景和剧情，在那个时候我每天都是生活在幻想里……我感觉这个世界都是虚幻的"。

在这些变化背后，他跟妈妈打电话的习惯没有改变。给妈妈打电话时，他需要汇报他已经放弃的学习生活。随着暑假临近，谎言越来越遮掩不住了。他说他从小爱看的《哈利·波特与死亡圣器》中，有一句话是"为了更大的善所做的必要的恶"。他不能考第一，已经不能让妈妈为自己骄傲了，怎么证明自己爱妈妈呢？

吴谢宇说他那时整天都在一个个数理经济学模型里，进行不同数字变量、经济学变量之间的比较。他说他傲慢自大地以为用经济学模型可以研究一切。万事万物都可以作为"模型里的变量"来进行"什么更重要、更好、更有意义、更有价值"的"比较"。"到最后，我沿着这条越加危险的思路竟走到了'如果我为了妈妈而放弃了亲人朋友，那就证明了对我而言，妈妈比亲人朋友更重要'。如果我为了妈妈而不顾法律甚至触犯法律犯下罪孽，那就证明了'对我而言妈妈比法律更重要'。"

他进入了一种内心的搏斗。一方面，他的理智与良知每时每刻都疯狂挣扎着，反抗他的可怕决定，他心里一遍遍阻止自己："这是谋杀啊，这是杀人大罪啊，这是天下最可怕的滔天罪孽，你难道真要亲手杀死你妈妈吗？"另一方面，他告诉自己："如果我找到了一件对妈妈最好、最重要的事，如果我必须要为妈妈做到这件事……假如我还考虑原则、底线、道德、良知、法律，那就说明我把这些看得比妈妈还重要，那就说明我爱妈妈爱得还不够深。"

谢老师

但谢天琴此时的变化，吴谢宇并不知晓。

四十七八岁的谢天琴看上去比她的实际年龄偏大，白头发很明显，身躯瘦小，总是穿着长衣长裤，戴着眼镜，非常传统的老师形象。她说话时的仙游口音依然明显，在课堂上看着学生们时，脸上经常挂着淡淡的笑容。

王钦宁是谢天琴遇害前带的最后一届学生，特别爱踢足球。他记得在"铁二中"读高中时，星期一下午第一节是体育课，第二节历史课，一直到历史课的铃声响起，他才带着足球满头大汗地从操场上跑到教室门口。谢天琴会开个玩笑："你怎么踢球踢到这里来了？"她让王钦宁在门口稍微休息一会儿，再进来上课。"如果是我的班主任或其他老师，就得先说我几句了。"

"铁二中"高中的学生们只有少数是福州本地人，多数学生来自福建各地的县城或农村。像王钦宁这样的福州学生，文化课成绩不行，差点考不上高中，才勉强来到这里。有些县城或农村来的同学成绩还行，但福州好一点的学校很多没有寄宿，所以他们把学籍挂到"铁二中"，但上课在其他学校。2015年"铁二中"的高中毕业生100多人，只有20多人能考上本科，上"一本"的不超过5人，还包括艺术生。

王钦宁说，2013年他刚进学校，班主任就劝他们既来之则安之。"大家都心知肚明这是什么水平的一个学校，大多数同学都觉得自己是没考好才来这里的。"当吴谢宇初中从这里考上福州一中然后考到北大的事情在同学们中传开时，王钦宁觉得简直难以置信，"真是有一种振奋的感觉，我们居然还是有希望的"。他觉得另外让他吃惊的一点是，谢老师并不是语数外这样传统科目的老师，作为一个历史老师，居然能把儿子培养得这么优秀，"这肯定是一个非常有能力的妈妈啊"。

一次历史课前，王钦宁特意跑去迎谢天琴，陪她走向教室，问她这事是不是真的，谢老师的儿子真的是在北大？谢天琴开心地笑了，她似乎不想在人前表现得太高调，但又忍不住显得高兴。与几年前她总是在课堂上提起自己儿子不同，谢天琴现在从不在课堂上提儿子，但她的满足是显而易见的。

王钦宁对于在"铁二中"两年的读书经历，整体谈不上喜欢。高三的时候他因为走艺术生道路要去外边的机构参加脱产培训，就在2015年夏天离开了"铁二中"。两年后他终于考上了本科，他说如果没有后来的惨案，他唯一惦记的、想回去看看的高中老师，就是谢天琴。

因为"铁二中"的多数老师只抓学生纪律或仪容仪表，每个月都检查头发，男生的发长不能超过一根手指的宽度，穿衣服不能不合规矩等。而谢天琴的谈吐和气质像一个重点高中的老师，她鼓励学生做课堂笔记，并会认真地批阅和回复。很多学生学习习惯不好，上课说话或是看手机，但谢天琴没有要放弃哪个学生的想法。王钦宁从来没有做笔记的习惯，一开始只是应付着抄几句交上去，但是时间久了，他觉得谢老师是真的用心在对待他们，在培养他们对待学习的一种态度，"我也不想为难这个老师，我就开始认真记笔记，她的作业我居然也会做，其实英语课我都不怎么交作业。谢老师的口音很独特，听多了也亲切"。

在吴谢宇到北大读书之后，因为丧夫曾经一度非常沮丧的谢天琴实际上已经从低谷走了出来。喜欢踢球的王钦宁有时候踢到傍晚六七点再骑车回家，出校门时他经常看到谢老师一个人在宿舍楼下，她就在那儿走走，有时候低头看看土里的小花小草，"她一个人有些孤独，但是我感觉她也在享受这种生活"。

马老师也感受到了谢天琴的变化。有一次学校物理组的老师组织出去游玩，谢天琴参加了。当她出现的时候，

第七章 踩　空

有老师吃惊得脱口而出:"谢老师你居然来了啊!"

吴谢宇跟妈妈说了要去美国的事情。一向不喜欢向人求助的谢天琴在做卖掉马尾房子的准备,她也向马老师提到,可能会向自己的弟弟和吴志坚的朋友借钱。她的情绪似乎回到了大学和刚刚参加工作时的状态,偶尔露出笑容。儿子要出国深造了,她似乎也在丢掉过去的情感包袱,感觉自己的人生迎来了新的阶段。

这是他二十一年人生中唯一的一次反击,他用尽力气,却把罪恶的力量击向了最爱他而他也离不开的妈妈。随着妈妈被残忍地击倒,她所代表的期望、出路、责任与限制,在这一刻,全部消失。

第八章

弑 母

2015年7月10日

2015年7月10日,下午5点多,谢天琴参加完学校的闭学式及教职工大会,回到家。虽然她家在一楼,但因为整栋建筑都抬高了半层,所以她需要上十几级的台阶才到家门口。

终于放暑假了,按照谢天琴的打算,妹妹这些娘家亲人会带着她给吴谢宇买的那双45码乔丹鞋,到福州来看望他们。吴谢宇要去美国的事情,她跟阿花、马老师也提过,说可能需要凑些钱,她的弟弟和吴志坚的朋友们也会帮忙的。几天前,谢天琴还向阿花提到,她家在马尾区的房子可能会卖,供吴谢宇出国。孩子发展到了要展翅高飞的阶段,当母亲的,平静中有着喜悦。

谢天琴打开门，进了家，弯着腰换拖鞋。她不可能会预料到，身高超过一米八的儿子在她身后举起哑铃杠，猛地砸向了她的后脑和头面部。

吴谢宇的生日是10月7日，他说选择7月10日，正好是这个日期倒过来。为了克服自己的恐惧心理，他看恐怖影片和书籍，将电影的片段进行剪辑，循环播放，让自己确信弑母是为了母亲好，是对母亲的爱，是唯一的出路。

吴谢宇提前几天把准备杀害妈妈的工具，藏到了楼下半层的柴火间。7月10日这天他把工具拿到房子里，按照他的说法，等待着妈妈回来时，他还在幻想着"千钧一发之际，爸爸突然显灵阻止了这一切，拯救了我和妈妈"。当谢天琴回家的脚步声在台阶上响起时，吴谢宇内心涌起的是："我已经没有力气阻止我自己了。现在，真的来不及了，一切都结束了，我别无选择了，我无路可退了，我只能做这件事了，我只能带妈妈一起走了。"

因为害怕看到妈妈的眼睛和脸部，吴谢宇用黄色胶带捆绑谢天琴的头面部，拿锅盖盖住谢天琴的脸部。按照他自己的说法，妈妈没有爱情、亲情与友情，活得很痛苦，他帮助妈妈离开人世，然后他也要追随而去，让一家三口在另一个世界见面。可是对于杀害妈妈的残忍和罪恶，他避而不提。

这个21岁的年轻人真的想死吗？自2015年春节形成杀害妈妈的想法后，3月起，吴谢宇就开始策划这件事。他说，在他的概念中，杀害母亲就像是推理完成一个数学模型，每一步该怎么准备、安排、实施，都在他的控制之中。据他后来的回忆，他想过放弃自己的生命，2015年3月，他与一位同学一起乘动车返回北京时，他在天津站突然下车，到车站旁汉庭酒店开房入住，想在酒店里自杀。但真的要面对自杀这件事情时，他退缩了。

2015年3月开始的策划和安排，吴谢宇更多是心理上的准备，他为自己弑母的冲动，找到各种说法。吴谢宇最喜欢的电影是《盗梦空间》，他认为《盗梦空间》给了他提示，电影中，梅尔说"我和丈夫仍处于梦境中，只有死，才能回到我们真正的家，回到我们真正的孩子身边"，她劝丈夫一起走，丈夫不听，最后她通过设计骗局让丈夫陪她卧轨自杀，二人通过自杀回到了现实世界。梅尔解释其动机："因为我爱你啊！亲爱的，你已经疯了，你身在虚假梦境而不自知了！我一定要带你回家，我实在是太爱你了。"

他还沉浸于《嫌疑人X的献身》的故事，"原来一个人竟能爱人到如此地步"。他认为，即便法律不允许，自己也愿意为了母亲付出，实现一家人团聚，承受滔天罪孽、万世骂名。看到一个自闭症孩子的母亲杀子后自杀的新闻，吴谢宇觉得这也在为他指明出路。这个母亲在遗书中写道："每一个自闭症孩子的母亲，最大的心愿就是只比自己的孩子在这个世界上多活一天。"

因为新的境遇，自身没有构建起来的自我被严重冲击，但是吴谢宇没有办法面对自己，转而把问题转移到妈妈身上，让自己相信：妈妈活着非常痛苦，她想死，"我来帮助她"，"带妈妈一起离开，回到那个世界爸爸的身边"。但是在父亲去世前，这个家庭就真的是他心理上的完美避风港吗？

当对人生发展感到困惑时，一个人回头寻找的情感资源，还是他的爸爸妈妈。但是吴谢宇没有从善的方面去理解爸爸妈妈，反而对弑母这样违背基本人伦的想法，没有了正常人的是非观。在几个月的准备期内，他但凡能够跟其他人透露一点他的疯狂想法，或者是他的痛苦，事情是不是就能往完全不一样的方向发展呢？

2015年6月26日，吴谢宇在网上购买了10ml带橡胶吸球的玻璃刻度滴管，收货地址是离他家不远的福建铁路机电学校，他把收货人的名字写作"王伟义"。7月1日，吴谢宇从北大回到福州家里，接着，7月1日、2日、3日、5日、7日，他分五次到驿站取出快递，这些是他在网上购买的厨房刀具七件套、手术刀、雕刻刀、防水布、干燥剂、洗衣液、真空压缩袋、空气清新剂等。

就在7月1日从北京回福州的头一天，很久不在北大出现的他，回学校找一位室友借了1000块钱。他很可能连回家的票都没钱买了，大三下学期他基本在外居住，花费不会小。这一次回宿舍，吴谢宇把自己的物品全部收拾干净带走了。

清理现场

当吴谢宇暴力地砸向妈妈之后,他才发现,死亡不是一瞬间,而是个痛苦的过程。谢天琴是被钝器多次击打头面部而致死。吴谢宇试图割下妈妈的头颅,他说这些想法来自宗教、古代神话和仪式,还有恐怖电影的剧情。"我相信人的意识可能真的在脑袋里面,只要感情深厚,就可以将灵魂带出来。所以我想要自杀的时候带着我妈的灵魂跟我一起去死。"谢天琴颈部有两处大创口,四五厘米深,是她死亡后在固定姿态下被锐器多次切割颈部所致。吴谢宇试着切割颈部,发现难度很大,跟他想象的不一样,放弃了。

对于自己的罪恶,吴谢宇总有一套解释。他随后打扫了现场,他称是因为"爸爸很爱干净,不能玷污家里"。弑母的当晚,吴谢宇住进了离家两三公里的黄金大酒店,并购买了性服务。接下来从7月10日到7月31日,吴谢宇白天清理作案现场,晚上住在黄金大酒店。他购买了大量性工具,又网购了活性炭、墙纸、塑料膜、消毒水、毛巾等。他把清理现场解释为自己有强迫症,一定要保持家里干净,所以反复清洗地板、沙发。他说也不愿意母亲的尸体腐烂,被虫子污染。7月20日前后,吴谢宇连续三天收取寄到他家附近奶茶店的包裹,收货人仍然是他用的假名"王伟义",每个包裹超过5公斤。他将妈妈的尸体包裹了

75层，使用衣物、被褥、塑料膜等物品铺盖在谢天琴的尸体上，并在覆盖的物品之间放入活性炭。他说是幻想奇迹出现，比如《功夫》电影中的周星驰被打伤后全身缠满绷带，后来奇迹出现，重新复活。

在杀害母亲后的第三天，吴谢宇还了找室友借的那1000元。他拿到了妈妈的存折和银行卡，吴谢宇说自己虽然不知道密码，但想着妈妈会用自己的生日做密码，试了一下，果然如此。

7月30日，吴谢宇在电子器材城购买了三个可以通过手机远程观看和实时监控的高清摄像头，一个可拨打监控机主手机或发短信提醒的报警器。他说是希望知道"如果我妈尸体高度降低了，就有可能羽化了"，"也是为了看一下我妈和我爸的灵魂会不会回家，内心希望看到一些迹象，知道他们回家了"。

8月1日，吴谢宇离开福州，去了上海。他带走了一家三口人的身份证、房产证、日记、存折、银行卡。吴谢宇利用谢天琴日记里边的字迹，用剪刀粘贴的方式拼凑了一封辞职信，并在网上联系了一个专门模仿笔迹的人，伪造了辞职信。吴谢宇用妈妈的口吻给校长发了一封电子邮件说要辞职。学校主任多次打谢天琴的电话，没有人接。一直到9月左右，学校主任通过QQ以文字形式联系了"谢天琴"，告诉她需要办理辞职的手续。"谢天琴"后来邮寄了辞职申请，还给了学校一个所谓上海亲戚的地址。

骗　钱

2015年7月18日，张力文在外地出差时接到的那个电话，是吴谢宇后来一系列骗钱行动的开始。

本来吴谢宇先找了一个曾经在他爸爸手下工作过的叔叔借钱，对方拒绝了。7月18日他才找张力文借钱，先提出40万元，张力文根据自己当时的经济状态答应借一部分。事后回想起来，在长达两小时的通话中，吴谢宇并没有显示出任何慌张。张力文问到他去美国之后的具体打算，吴谢宇都回答得有条不紊。他哪里能想象得到，这是一个人在杀害妈妈之后的状态。

吴谢宇杀害谢天琴之后看了她的日记，得知大姑阿花找妈妈借了7万元。7月下旬他跟大姑联系，提出借7万元，在他看来这是要回妈妈的钱。大姑第二天就转给了他。因为爸爸的死转而嫉恨亲戚朋友，这是吴谢宇说他在弑母前的心态。他紧接着把原本可以依靠、求助的父母亲的亲友网络，发展成了他骗钱的网络。他后来回忆说："我们家走到今天这家破人亡的地步，他们（亲友）也有责任！""我要报复他们。"

吴谢宇面临的现实情况是，他拿到妈妈的存款之后，发现少得可怜。从一审法庭对吴谢宇诈骗过程中所列账目来看，谢天琴的存款很有可能不超过1万元。而妈妈不在了，束缚没有了，他头脑里的各种禁忌也一起消失了。吴谢宇想要体会自由，但对于从未有过自主权的他来说，一旦没了束缚，自由就被简单理解为滥用性和金钱。

吴谢宇找张力文借钱，催了好几次，张力文稍微有些犹豫。一直到8月初的一天，张力文送女儿到一个培训班学习，自己在楼下等着。吴谢宇的信息发过来了，又说到借钱的事。张力文还是有点谨慎，吴谢宇少有地不耐烦了："叔叔你到底借不借？不借拉倒！"

这么一激将，张力文不好意思了，马上从股票账户套现10万元，打给了吴谢宇。当天晚上，几个好友见面，张力文说起吴谢宇借钱的事，还给大家看了吴谢宇发过来的信息。三个好朋友说，吴家不容易，是要帮，但这个不能让你一人承担。于是三个人里，一人出了6万元，一人3万元，一人1万元，又凑了10万元。张力文把这笔钱打给了吴谢宇，也发信息向他说了这是哪几位叔叔给的钱。吴谢宇分别发短信感谢了这几位叔叔。

这个时候的吴谢宇已经在上海迅速认识了性工作者刘梦。他称自己叫"王伟义"，和刘梦迅速确立了男女朋友关系。张力文和其他几个叔叔借的20万元到手后，8月17日，吴谢宇租下了徐汇区斜土路的一处房子，开始了与刘梦的同居生活。日常开销都由他来出，吴谢宇过一段时间就给刘梦1万元，说是生活费用。有一次刘梦提到老家的房子还欠着别人钱，吴谢宇一次给了她9万元。据刘梦讲述，同居期间吴谢宇几乎不出门，也很少和别人联系。吴谢宇跟她说,他妈妈在生他的时候难产死了,所以他从小就没有妈妈。

这是吴谢宇第一次有了父母之外的亲密关系。与性工作者谈恋爱,本身就是他难以确立正常亲密关系的结果,"因为还没有体验过爱情,我想在自杀前跟女生谈一场恋爱,但因为时间有限,想到通过嫖娼感受到性的快感"。他渴望有人关心自己,在2021年8月的一审现场,当被问及这段交往,吴谢宇说他和刘梦的关系是"我一直把自己当作一个仆人、机器人。你想做什么事你告诉我,帮你去做,我不会劝,我不会逼你,更不会强迫你"。这就是他对亲密关系的理解。

这段日子,吴谢宇给自己洗脑,想象着自己和妈妈真的生活在美国,他在波士顿上学,妈妈在一所华人学校教书,"用尽力气,想象着我和妈妈在美国生活着的每一个细节,我和妈妈在哪里、吃什么、在做什么、上什么课、心情如何"。而在美国读书的生活,按照他过去的生活轨迹,是他的能力完全做得到的。

他读着妈妈的日记,看到妈妈对爸爸写道,儿子很争气,考上了北大。"阿坚,你要保佑我和小宇。"吴谢宇说他似乎意识到,妈妈好像没有想死的愿望。妈妈对他考上北大表示了满意,这点恐怕是他既安慰又惊恐的。他后来在道歉信里对小姨说,高中以后他感觉妈妈不跟他提要求了,还让他多休息,身体很重要,他认为是妈妈放弃了他这个当儿子的。在弑母后看到的日记里，吴谢宇发现，原来妈妈对他是满意的。

在写给舅舅的信里，吴谢宇这样描述自己的心情："自从妈妈不在的那一刻起，我没有一刻不在后悔，那最可怕的悔意，就像什么呢？就像一部电影的结尾，舅舅我此时此刻说到电影，绝没有任何不严肃的意思，实在是因为从小到大影响我最深同时也是扭曲我最严重的就是无数小说和影视了……这部电影名叫《迷雾》，是美国的一部科幻惊悚悬疑片，片里说外星巨型昆虫袭击一个美国小镇，人们被笼罩在一片伸手不见五指的浓雾中，时刻都可能死去。最后，男主人公、他的儿子、他的两个朋友，四个人被困在一辆汽车里，车已开没油了。浓雾之中轰隆声渐渐逼近，他们都知道那意味着什么。三个大人商议，决定不愿成为昆虫的食物，他们要自行了断。这最可怕最痛苦的任务落到了男主头上，他掏出手枪，打死了自己的儿子和两个好友。这最恐怖的痛苦和绝望压垮了他，他冲出汽车，冲着浓雾疯狂吼着，就算死他也要往巨型昆虫身上打一枪。可，当这轰隆声来到眼前，男主才终于看到，原来那并不是昆虫，而是军方的巨型机械，上面坐满了士兵和难民。他得救了，可随之而来的无法想象的痛苦和绝望，比刚才亲手杀死自己儿子时还要深重无数倍！因为，刚才他以为自己和儿子都没活路了，他以为自己别无选择，可现在他才知道，原来自己和儿子不用死的，原来自己和儿子都能得救能活下去的啊,可,已经来不及了,儿子已经被自己亲手杀死了,儿子再也回不来了啊……"

挥 霍

弑母后逃离在外的具体生活,吴谢宇需要更多的金钱来支撑。2015年11月,吴谢宇开始向小姨借钱,小姨的经济条件并不好,仍然筹了20万元转给了吴谢宇。吴谢宇后来回忆,那时在QQ聊天时小姨说:"小宇你很棒,阿姨为你骄傲。你很争气,在美国要好好照顾妈妈。"吴谢宇说他也感到羞愧内疚,但还是决定骗下去,因为这或许又是"他们对吴家虚情假意的爱"。

吴谢宇在12月初开始找舅舅借钱,他的说法变成了他在美国需要提供家庭财产证明,所以只需舅舅打一些钱到账户,在银行中存两个月,两个月后就归还。12月4日,吴谢宇给舅舅发邮件,借款26万元。12月8日,吴谢宇又给舅舅发邮件,说数额不够,需要再存17万元。舅舅另外还让朋友帮忙转了13万元,最后一共借给吴谢宇56万元。吴谢宇这时又向他爸爸的几个朋友借钱,也是说只需要向美国人提供财产证明,很快就能归还。最后他一共向张力文等四个人借款61万元。

2015年夏天开始逃亡的日子里,吴谢宇过上了与之前完全不同的生活:挥霍了找亲友借来的140多万元,出入风月场所，与性工作者同居。逃离了有妈妈存在的世界之后，钱和性，成为这个20岁出头的年轻人大肆追求的目标。

吴谢宇消费的场所是"黄金大酒店""九九养生会所""西方财富酒店"这些看起来似乎奢靡的地方。之前在福州只是往来于学校和家庭两点一线的他，这时在福州大把花钱的地方都在离家两三公里的范围内，这可能是他稍微熟悉一点的外部社会。

2015年底，借到了大笔金钱的吴谢宇在一个月左右的时间内，在上海黄浦区丽园路的一家彩票店花了58万元买彩票，随后他又在福州晋安区的一家彩票店花了3万元买彩票。这段时间里，他找过六位女性购买性服务，每次给的钱从4000元到16000元不等。他以让人吃惊的速度花钱，从2015年7月10日到2016年3月1日的近8个月内，吴谢宇主要在上海、福州消费，平均每个月的花销在20万元左右。2016年1月，吴谢宇在网络上买了14张伪造的他人身份证，其中两张因为失去磁性被他扔掉了。

吴谢宇仍然认为自己是准备自杀的。似乎只有认为自己即将赴死，他才能面对欲望。对金钱和性的渴求，原本是人最基础的两种欲望，一个人本应发展出来的更丰富的情感能力，他没有长出来，所以想让自己获得快乐，只能回归到最简单粗暴的挥霍。

借完钱以后，张力文还一直和吴谢宇联系。张力文希望和谢天琴说上话,第一次吴谢宇说,妈妈倒时差,已经在床上睡了。张力文问他:"你在美国学习怎么样?"吴谢宇说:"叔叔我要去做实验了。"张力文后来又联系他,还看着时差给他打电话,说让谢天琴接电话。吴谢宇说妈妈在洗东西,后来几次他又找了别的理由搪塞过去。

吴谢宇在2015年底以需要家庭财产的银行流水为由,找他爸爸的一个朋友借的钱比较多。这个叔叔把钱打给了他,但忍不住担心,张力文劝朋友别想太多。直到事情败露,他才反应过来,跟张力文说:"你真是傻了你!我们打电话到国内的等待声音是'嘟——嘟——',但是国外的电话是'嘟嘟嘟——嘟嘟嘟——',他一直都在国内啊。"

暴 露

2016年2月,是谢天琴被害后的第一个春节。福建人乡土情结重,过去的每个春节,吴谢宇一家都是和老家人一起过的。在吴谢宇心里,这是他该如何面对妈妈被害的重要时间节点。

这之前的2016年1月3日至6日,吴谢宇和刘梦在香港玩了三天,这也是二审律师为吴谢宇辩护的一个点。辩护律师称,吴谢宇能够办到港澳通行证,就能办到出国证件。当时吴谢宇携带着不少骗来的资金,英语也很好,完全可以逃到国外生活，但他没有逃走，在2016年春节主动暴露了案件。

而从吴谢宇暴露案情的过程来看，他实际上对自己的人生根本不知道想要什么、想去往哪里。在北大感到学习难以继续下去时，杀害妈妈成了他冥思苦想的事情，他以为那会是他人生的终点。但是每一次面对自己可能失去生命时，他又完全做不到自杀。

2016年2月，他跑到刘梦在河南商丘的老家，入住了市里的东方明珠大酒店，说是要去刘梦家提亲。吴谢宇后来提到，他逃亡过程中总是住楼层很高的酒店房间，心里是想着自杀的。当时刘梦回家过年，吴谢宇显得非常依赖她，追着去提亲。他内心总是很孤独，渴望感情，但是真待在一起又不知道怎么交流感情。在两人同居的半年期间，吴谢宇一共用支付宝给刘梦转账了20万元。

2月5日，吴谢宇和刘梦住在东方明珠大酒店，吴谢宇多次跟刘梦说，要带她去"最幸福的地方"，过"最幸福的生活"，还问她："我死后，你怎么办？"依据吴谢宇的打算，他是想这天自杀的。他应该也想过带刘梦离开这个世界，他劝刘梦喝酒，在刘梦喝的水里和酒里放了安眠药。他和刘梦动情地说起自己对她的爱，两人都流下感动的眼泪。

吴谢宇没舍得自杀，这更像一个轻微的闹剧。刘梦一直讨厌喝酒，只喝了一两口，水有异味，她一喝马上吐了。

第二天是除夕的前一天，下午5点多，吴谢宇离开东方明珠大酒店的房间，走楼梯到了一层。他穿过酒店大堂，在酒店门口拦乘一辆三轮车离开。吴谢宇知道，在他的心理上，之前半年的日子过不下去了。在东方明珠大酒店，他砸自己的电脑、用火烧手机卡和随身物品。电脑里有大量的黄色影片，他不愿意被人发现。

此时吴谢宇全部的钱只剩9万多元，他已经挥霍掉了130多万元。就是在这天，他给舅舅和张力文等人发去信息，说他和妈妈要从美国回去了，让舅舅他们去仙游接站。

刘梦发现东方明珠大酒店内的异常后，在家人的陪伴下，大年初一赶到上海的出租房里，发现吴谢宇留下一片狼藉。行李箱扔在地上，到处是吴谢宇父母的结婚证、妈妈的户口簿、各种资格证、银行卡、存折和被他剪掉很多字的日记本。刘梦敏锐地感到事情不对：吴谢宇不是说他妈妈在生他时难产去世吗？她吓得灵魂出窍，"难道吴谢宇杀了他的妈妈？"

亲友们2月6日收到母子俩要回家的消息后，就联系不上吴谢宇了。张力文跟吴谢宇的舅舅通了电话，大家一合计，才发现他们都借给了吴谢宇母子不少钱。等到2月14日，大年初七，感觉不对劲的亲人们从仙游开车到了福州谢天琴家里。这里边有吴谢宇的舅舅、小姨、大姑一家，还有舅舅的朋友。张力文和他的朋友在福州，也约着去谢家看看是怎么回事。

他们给吴谢宇家所在的社区民警打了电话。民警听说他们借了巨款，问道："这母子二人会不会被人拘禁了？是不是卷入什么诈骗了？"大家没有吴家的门钥匙，就找来了一个开锁师傅，也叫来民警作证。

接下来的场景，远方的吴谢宇通过摄像头可以完全看得到。这天天气很好，阳光明媚，但是张力文形容开门后的感受，"一开门，世界变了，漆黑一片"。窗帘是拉上的，而且被人用钉子钉住了，屋里有发霉的味道。房门上安装着报警器，方向对着大门，吴谢宇卧室柜子上有一个摄像头，指示灯处于工作状态。房间内所有有缝隙的地方都被纸和胶带封上了，地板、桌上散落着大量袋装活性炭，吴谢宇床上用薄膜包裹着的一大堆东西，民警拉了几下没有全部拉开，就报警了。

预感到出了大事的张力文，身体开始剧烈地抖动。后来不知道是谁，找来一件毛衣给他套上，他仍然不停地发抖。

过去九年里,刘梦小心翼翼、胆战心惊地守着关于吴谢宇的秘密,像活在一根随时要断裂的钢丝上。

第九章

秘 密

相　识

刚说出"吴谢宇"的名字，刘梦就哭了，先是小声地啜泣，之后变成努力克制的呜咽。这次交谈，是她七年来，第一次与他人谈论吴谢宇。我们是通过微信语音联系的，我看不到她的表情，但电话那头言语里承载多年的封闭和隐忍，像起伏的潮水一样席卷了我们通话的这个夜晚。

刘梦是在上海认识吴谢宇的。吴谢宇是嫖客，刘梦是小姐。时间是2015年8月份。刘梦后来才知道，当时距离吴谢宇实施弑母行为才过了一个月。吴谢宇告诉刘梦自己叫"王伟义"。一直到两人在一起后的一天，刘梦在收拾东西时看到了吴谢宇的身份证，她才知道吴谢宇的真名。

吴谢宇对此给予的解释是"当时刚认识,才没有说真实的姓名"。

刘梦出生于1991年,比吴谢宇大三岁。认识吴谢宇时,她24岁,来上海不到两年,靠做"小姐"维生,换过几个地方。两人是在发生两次身体交易后在一起的,"从认识到确立男女朋友关系只用了七天时间",有时会在微信上聊天,一起出去吃一顿饭,逛一会儿街。在一起后,吴谢宇明确提出刘梦不要再去上班,不能跟之前的朋友交往。

谈到与吴谢宇交往的初衷,刘梦很诚实,"一开始是图钱"。对于刘梦,吴谢宇表现得很大方。确立恋爱关系后他们住在一起,不久他便开始给刘梦转账,都是1万元1万元地给,给了好几次,说是"男朋友给女朋友的零花钱"。2015年11月,当刘梦提到在老家买房子借了朋友9万块钱后,吴谢宇又给她转账了10万元。在一起接近半年的时间里,吴谢宇一共给刘梦转账20万元。刘梦从小生活在河南农村,家里还有两个哥哥,作为女孩,在家里存在感一直很弱,初中没毕业就出来打工。吴谢宇对她的大方是她过往生活中少有的获得的重视。

在刘梦眼中,吴谢宇的外貌条件也不差,他个子很高,超过一米八,"脸看起来也帅气"。他告诉刘梦自己是北大的,父亲是在部队工作。或许是出于掩饰,吴谢宇从没提到父亲已经过世,讲起父亲总是有些神秘,在刘梦解读起来，更显得吴谢宇很有背景。这两个标签高高在上，与她过往生活完全割裂，让孤身一人漂泊上海的刘梦既羡慕又激动，给生活都增添了希望。"我跟他在一起挺开心的，我也挺喜欢他。"

案发前，这对年轻的情侣一起住在上海斜土路某栋房子的301室，是吴谢宇租的。房间很小，只有三四十平方米，但不影响两人恋情的热烈，他们过着普通小情侣一般的生活：经常睡到中午才起来点外卖，点的最多的是家附近一家烩面馆的黄焖鸡米饭和排骨饭，有时还会一起用电脑看电影。刘梦发现，吴谢宇偶尔打游戏，但并不沉迷，她见他玩过狙击精英、红警等游戏。如果说有缺点，那就是他性格上有些内向，不爱出去见朋友。"他平时话很少，在我朋友面前更少。我朋友喊他一起吃饭，他也不愿意去。我一直都觉得他也没特别大的缺点，就是性格内向。"吴谢宇很不愿意出门，很多时间刘梦就陪着他待在家里。一直到现在，刘梦很难将自己认识的"吴谢宇"跟那个残忍的"弑母凶手"形象联系在一起。

案发后，刘梦一遍遍地在心里琢磨与吴谢宇相处的细节，她发现其实有太多的异常，只是被她忽视了。比如吴谢宇说他在福建的一个公司上班，但从来没有提过自己做什么；关于长期待在家里不去上班，他给出的解释是，工作只要远程电脑操作，人不用到福建。偶尔，刘梦会凑到他的电脑前看几眼，但电脑上都是一些英文及数字和符号,她看不懂。

在刘梦的记忆里,2015年8月到12月期间,吴谢宇只回了三四次福建,说"去处理一些工作上的事"。除此之外,刘梦很少看到他跟外界联系,她没见过吴谢宇跟别人聊QQ或者微信,他的手机很少响。偶尔铃声响起,吴谢宇都是跑到卫生间讲电话,刻意不让她听到。有时从卫生间出来,他会主动说是上铺的舍友或者他的教授打来的,"说一些项目上的事情"。

这么多的细节里,有一件事,当时就让刘梦觉得心里恐惧。有一天,两个人一起躺在床上各自玩手机,吴谢宇突然拿起床边的一个木棍开始敲打自己的腿部,边打边笑。刘梦赶紧拦住他拿着木棍的手,眼泪都流了出来,"你吓到我了"。吴谢宇很淡定,他说,小时候,父亲就会这么打他,锻炼他的抗击打能力。

刘梦看到,吴谢宇膝盖和小腿的位置,有一条长两三厘米的疤痕,颜色发白。她问吴谢宇是怎么回事,吴谢宇说,是小时候做错事情被父亲烫伤的。后来在二审庭审上,吴谢宇也将被父亲打的事讲了出来,这是他第一次在公开场合提及与家里的冲突。他说,因为腿上的疤痕,他都不敢穿短裤外出。不过,这个略显突兀的异常背后传达的压抑,并没有引起刘梦的关注,很快就被她热恋的情绪冲掉了。

未竟的谋杀

平静、甜蜜的恋爱生活一直持续到2016年2月5日。2016年2月3日,刘梦回到永城老家过春节。第二天,她就收到了吴谢宇的微信,说他到了永城,住在市里的东方明珠大酒店。他们其实才分别不到一天。吴谢宇表现得对亲密关系非常依赖,很不习惯自己待着。这次回老家,因为买不到票,刘梦就先去老家附近城市中转,见了以往的朋友。吴谢宇也赶了过去,两人一起待了四五天。"他之前说回福建过年,但老家有一个亲戚去世了,他父亲要去奔丧,没空和他过春节,就想来找我。"刘梦觉得两个人还没到谈婚论嫁的地步,见父母有些太仓促,"我一直劝他不要来,他还是坚持要来找我"。

2月5日在永城的那次见面,从一开始就有些蹊跷。吴谢宇住在东方明珠大酒店,刘梦从家里过去找他。一进门,刘梦就看到房间桌子上摆了十来瓶RIO鸡尾酒,有玻璃瓶装的也有罐装的,还有一些其他饮料。她有些奇怪,她平常不喝酒,对酒精很反感,吴谢宇也知道。不过,吴谢宇说自己在超市看到这么多类型的酒,就想买来给她尝尝,还频频跟她碰杯劝她喝酒。刘梦实在不喜欢喝酒,所以只是小口试了一点。两人亲热后出去见朋友。

回来坐在沙发上聊天,吴谢宇跟刘梦说了很多动情的话。刘梦很感动。这之后,吴谢宇突然伤心地哭,怎么劝都劝不住。他边哭边说要爱刘梦"一生一世",带她去过"最幸福的生活"。感动之外,刘梦有些担心,她一直在问他:"是不是有啥事跟我说?"

后来的事情朝着更奇怪的方向发展。第二天凌晨,刘梦从醉意中醒来,朦胧中她觉得口很渴,上厕所出来的吴谢宇拿了一瓶矿泉水嘴对嘴喂她,水有些苦,还有类似药片的异物感,刘梦吐了出来。这之后吴谢宇又拿出了用年画包着的8万块钱要给刘梦。刘梦收了,等离开时,她说可以两人一起开张银行卡存起来,吴谢宇不愿意。刘梦就让吴谢宇先拿着,后面转账给她。刘梦离开酒店时已经是下午1点左右。离开前吴谢宇又哭了。他流着眼泪哽咽着对刘梦说:"如果我死了,你怎么办?"刘梦回答他说:"你死了我还是要好好活着,我还要孝顺我的父母亲,如果哪天我死了,你也一样要好好活着。"

哪怕现在回忆起这段交往,刘梦仍然认为,她和吴谢宇当时都是投入了很深的感情的。但她后来看报道说,吴谢宇在重庆又有了新女友,这让她内心很受伤,"我不知道他对我是一个什么样的感情,可能在他心里面,我就是个小姐,我就是图他的钱或者怎么样"。

下午4点后,回到家的刘梦一直给吴谢宇发信息,但一直没有收到吴谢宇的回复,打电话提示手机关机了。她很担心,第二天一早带着家里人去酒店里找吴谢宇。一进门就看到房间里一片狼藉:到处都是碎片,仔细辨认,是被砸烂的电脑、手机等数码产品，还有包钱的年画，有火烧过的痕迹。凌乱的房间里，还有一个打开的行李箱，一个手提包，几个文件袋，都是吴谢宇以前用过的东西。只有一个白色的联想手机刘梦没见过。刘梦哭了，她当时觉得吴谢宇是不是被人谋财害命了。

她打开那个白色的手机，看有两个通话。她拨通其中一个，是一个中年女人的声音。她说自己是吴谢宇的女朋友，问对方是谁。

对方回答她："你打电话给我怎么还问我是谁？"

刘梦说："我找不到吴谢宇所以用他的电话拨打，想要找找看他在哪里。"

对方说："你找不到吴谢宇怎么不去问他妈，怎么打我的电话？"

刘梦问："吴谢宇的妈妈不是死了吗？"

对方听了很生气，说："她活得好好的，怎么就死了？"

这通简短的通话，让刘梦心里一凉，吴谢宇一直告诉她，母亲生他时难产去世了。这也成为她后来怀疑吴谢宇是不是将他母亲杀了的依据之一。2016年2月19日，在吴谢宇失踪13天后，刘梦回到上海的住所。她发现房间里东西一片混乱，吴谢宇应该是回来过。她收拾着地上的东西，看到了很多吴谢宇父母亲的物品，包括她父母亲的结婚照、母亲的户口簿、各种资格证、银行卡，存折，等等。她还看到了吴谢宇母亲谢天琴所写日记等文字材料的复印件，很多字被剪掉了。她翻看了他母亲的日记，才知道吴谢宇的父亲早就去世了。

刘梦开始回想吴谢宇之前生活中的一些细节，冒出的想法让她更后怕："他是不是也想杀了我？"刘梦的判断源于在行李箱中看到的一把锤子，还有吴谢宇那天的异常，"他明知道我不喝酒，买了那么多鸡尾酒，行李箱里还有白酒，我当时不知道他为什么要想让我陷入沉睡，但结合他当天说了许多诸如'要带我去过最幸福的生活'之类怪怪的话，特别是我怀疑他杀了他的母亲之后，回想起这件事情，我突然觉得吴谢宇在酒里下药让我睡沉，可能也是想把我杀死"。这种内心的震动，使得福建警方在2016年3月1日讯问刘梦时，她只能在病房作答。问完签字时，由于她的双手不停地抖动抽搐，警察只好向她读了一遍笔录，她按手印确认。

刘梦的判断被警方后续的调查所证实。在做笔录后，警方问她，要不要追究吴谢宇想杀她的事情，"虽然没有实施成功，但他已经明显有想法"。刘梦想了想，放弃了。"我不理解。虽然我跟他是在那种地方认识的，可我们在一起后，我对他的感情是认真的，我没主动跟他要过钱，是他主动给我用，但租房子是我掏钱，各种生活花销也是我拿钱，我没有对不起他。我不知道为什么他最后有要杀我的想法。"

仔细想来，刘梦觉得，在永城东方明珠大酒店的这次应该不是吴谢宇第一次想杀她。在上海时，一次吴谢宇在东方明珠的酒店订了房间。酒店很高，中间有个厅，全是玻璃，往下看大半个上海都在眼里。刘梦说，两人在大厅玩时，吴谢宇嬉笑着做出要把她扔下去的样子。"我想也许他知道自己最终是逃不过死刑的，就想多拉一个爱他的人陪他，我是这么理解的。我也感谢他，他还是没有下去手。"

知道吴谢宇弑母后，很长一段时间内，刘梦仍在给他发信息："我说你怎么那么傻，你为啥要那么做？你到底在哪儿？"还说了一些让他自首之类的话。吴谢宇没有回复过。在过去的几年里，她也曾去试图给吴谢宇的行为寻找一些理由，"我想可能是他爸爸去世对他打击太大了，网上不是说他妈妈从他爸去世之后，给他特别大的压力吗，他心里产生了怨恨。我觉得他也挺可怜的，对他又心疼又生气，又恨他。他应该也挺矛盾的"。

被改变的人生

在做小姐之前，刘梦在工厂打过工，当过售货员、幼儿园老师，卖过衣服，在网吧上过班——这个年龄农村女孩能够找到的工作她都尝试过。她15岁就辍学了。她还记得，第一次离开家是亲戚带她去服装厂上班，一个月的工资700块钱左右，住宿环境差，总是有老鼠乱窜，还要上夜班。有一回加班,她打瞌睡没注意,缝玩具的针直直地扎进了指甲,针都掰断了。

所有工作的目的都很直接:养活自己。刘梦父母务农,刘梦有一个哥哥、一个姐姐,大哥比她大十多岁,上了技校,姐姐没上过初中。三个孩子的家庭过得一直不富裕。在刘梦的印象里,小时候一到交学费的日子,父母就要将收来的麦子晒了拿去卖,换一两百元的学费。在打工时,她最羡慕的是一起打工的一个女孩,父母开大车拉石子、沙子,家里条件较好,平常没钱了父母还会给钱花,"我只能自己赚钱"。

2013年去上海时,刘梦才22岁,却已经在外面漂了七年,一直在生活的旋涡里挣扎。想去上海是因为她知道了自己不是父母亲生的,想多赚点钱回报家里。这是母亲生病后告诉她的。整个过程听起来很曲折,也因而让人觉得更加心酸。1991年,刘梦的亲戚在医院生孩子,遇到刘梦的亲生父母在医院打胎——他们想要个男孩。那时肚里的刘梦已经七个月大。医生采用了引产的方法,刘梦命大,活了下来。亲生父母不要她,正好赶上刘梦亲戚的小孩夭折了,当地有"坐空月子不吉利"的说法,亲戚就将刘梦抱回了家。坐完月子后将她送人,没养多久被退了回来。亲戚没办法,将刘梦塞给了当时家里一位女性(刘梦养母)。

讲完真相后,母亲问刘梦要不要去找亲生父母,说是隔壁县的。刘梦坚决地说自己不想,"你说我能说我想找吗?我要是说想找的话,他们嘴上不说,心里面肯定难受"。

但知道自己是被亲生父母遗弃的养女后,刘梦的心态彻底变了。一方面,如果以前对于父母还有一些怨言,这之后刘梦心里只剩下感激,"虽然家里条件不好,不能给我好的生活,没给我提供好的教育,但我也没受虐待,这样想想已经比很多人都强了,对吧?你看有一些女孩在家里被欺负被伤害,至少我平平安安的"。但是另一方面,受到巨大震动的刘梦依靠家庭的想法一下子没有了,对自身价值认定的渴望变得非常强烈,她想靠自己快点赚钱。

恰巧这时,一个打工认识的朋友叫她去上海,说去做按摩,赚钱多。到了上海,朋友让刘梦先去参加培训,"然后就被那个(强奸)了。不完全算是被强迫的,当时很害怕,人家让做啥就做啥,脑子也空白,也不知道该干吗。我害怕如果不照他们说的做的话,会不会伤害我"。直到现在,刘梦还跟当时那个朋友保持着联系,对方已经结婚,有了孩子。刘梦对于自己曾经的经历,有一种特别懂事的冷静,说想起自己做小姐的经历,是一辈子也洗不去的耻辱,但成年人的选择都是自己做的,"也不想责怪谁,责怪也没用,到最后还是得怪自己"。

有了钱后,每次母亲生病住院,刘梦都拿钱给她治病,还回去照顾。一开始,她不敢给太多,都是两三千地给。后来，她又给父母在老家农村买了一处住宅，还买了商铺。偶尔，家里人也问一句钱是哪里来的，刘梦说，"大城市赚得多"。大家也不再言语。她小心翼翼、胆战心惊地守着自己的秘密，像活在一根随时要断裂的钢丝上。她提到，有一次被警察抓了拘留，留了案底。这给她带来很大的打击，也让她对未来的人生感到绝望，"我听说有了案底，以后孩子不能考公务员"。言外之意是担心未来的老公会从这个线索上发现她做小姐的经历。

此时出现的吴谢宇，之于刘梦，像是人生至暗时刻的一道光，带来温暖的同时，也给了她很大的希望，她的人生很有可能完全改变。有一瞬间她曾觉得他能将她从深渊中拉出来。吴谢宇身上北大的光环、神秘的家庭背景对她来讲都意味着即将被改变的未来。她沉浸在与吴谢宇的恋爱里，"我们恋爱谈得挺好的，我挺开心的，觉得他也挺开心的。他从来没有表现出来不喜欢我，我俩也从来没有争吵过，也没有生过气"。然而这道光很快就灭了，并将她的人生推向了更加黑暗的时刻。

如今，刘梦32岁，吴谢宇已经从她的人生中消失了七年。刘梦仍未婚，她谈了一个男朋友。两人是初中同学，一起生活在一个二线城市，男朋友在工厂上班，她在一家培训机构当前台。不结婚的一个原因是，两人曾约定要买了房子再结婚。男朋友家里条件不好，父母提供不了什么帮助。刘梦曾想把老家给父母买的房子和商铺卖了凑首付，可父母不愿意，说女孩子婚前的财产都要留在家里，"留给侄子"。

不结婚的另一个原因，刘梦没跟别人提过。她担心男友早已知道她和吴谢宇的事情。刘梦说，吴谢宇案发后，福州警方就找到了她，要求她配合调查。她隔三岔五就会接到警察打来的电话。在事情过去两年之后的一天，警方的电话再次打来，刘梦在洗澡没有接到，警察将电话打给了她的男朋友。刘梦早已破裂的世界这次彻底坍塌了。

在过去两年内，她从不敢看与吴谢宇相关的新闻，一直在逃避，男朋友的存在是她内心最后仅有的支撑，"（除了他）我的世界里面已经没有任何人了"。她冲警方发了火，"我都已经这样子了，还要我怎么样，我做错事情了，误入歧途了，但我没有伤害任何人，我该配合的都配合了，为啥还要一直逮着我不放？我挺崩溃的，我一直都在强忍着，你们要这样逼我的话，也不用一次一次地找我了，我找记者，我跟吴谢宇之间怎么认识的，我把所有的事情当着记者的面全部说出来"。

到现在，刘梦也不知道警察跟男友讲了啥，男友也没有提过，好像什么都没有发生过。然而越不提，这根刺在刘梦的心里扎得越深。"他也是心里面藏事的那种人，他应该是知道的，为什么他没有跟我挑明，不知道他心里面到底咋想的。"刘梦担心，两人结婚后，如果哪一天对方再把这个事情讲出来，"我一定很崩溃"。她又纠结又矛盾，有时冲动地想捅破窗户纸，又担心万一对方不知道呢，捅破后，"两个人就没办法继续下去了"；有时她又会想，如果跟现在的对象分了，她也不一定会跟别人结婚，还是"怕人家接受不了自己的过去"，"一步错步步错，做错了，就没办法弥补"。几年来，她小心翼翼守着关于吴谢宇的秘密，胆战心惊，活成了一座孤岛。

杀害妈妈后,吴谢宇慢慢意识到一个残酷的事实:妈妈并不像他认为的那样想寻死,她正在从丧夫之痛中慢慢走出来,对生活有了新期望。当他在看守所被迫面对自己的严重罪行后,他似乎才开始理解,生命对一个人到底意味着什么。没有后悔的余地了,他等来了自己的二审死刑判决。

第十章

后　来

归 案

2019年4月20日，吴谢宇在重庆江北国际机场被公安人员抓获。距离他从河南永城逃走，过去三年多了。张力文听说后，心里还存在一丝侥幸：万一不是吴谢宇干的呢，万一不是呢？

谢天琴的妹妹跟张力文联系时，张力文嘱咐她，快拿些孩子的衣服，把那双他妈妈买好的乔丹鞋也送进看守所。谢天琴最后一次回老家是2015年6月底，她说儿子曾经看上过一双乔丹鞋，这次给他买了，马上他就要去美国留学了。吴谢宇的脚大，45码，买鞋没那么容易。鞋放在谢天琴妹妹那儿，当时她们以为吴谢宇暑假要回仙游看望外婆，回去就能穿上。

吴谢宇被捕后，张力文给吴谢宇买了衣服，附上500块钱生活费，上面写了他的名字，送进看守所。他给吴谢宇的表哥阿勤打电话，说："你有空给他写一个明信片，写上'爱你的哥哥'，让他觉得社会上还有人爱他。"阿勤答应了。

看守所退回了乔丹鞋，因为上边有鞋带，不符合规定。谢天琴在遇害前给儿子买的物品，他终究是没有机会用上。张力文和他的三个朋友被司法机关找上门，因为他们是检察院起诉吴谢宇诈骗罪的受害人，吴谢宇一共骗取了他们61万元。张力文和朋友们很快对公安机关出具了谅解书，表示自己愿意借钱给吴谢宇，不追究他的法律责任，"想到他的爸爸，就恨不起来"。但是校友聚会的时候，其中一个朋友与人差点打了起来。人家指着他们愤愤地说：吴谢宇就是杀人犯，该杀，怎么可以帮他？！

张力文跟我们说到这里，眼皮耷拉下来，低下了头，好像是犯了错的人。当我们2022年、2023年见到他时，距吴志坚去世已经十多年了，但是他对朋友的情谊，仍然很深厚。他一会儿说起吴志坚的温和友善，一会儿讲起与谢天琴相处的往事，他说他很喜欢吴志坚的性格，但在很大程度上也能够理解谢天琴。"她自尊要强，说话有口音，想开玩笑又不会。我性格中有跟她相似的一部分。我们都是从小地方落户福州的第一代，童年的贫困和不幸造成的那种自卑，这一辈子恐怕都抹不掉。我们这样经历的人，现在过得再好，内心最深处也是自卑的。我们就是自卑与自傲的奇特混合体。"

几位朋友推选他来做对接记者、联系律师这些事情，他应承了下来，但内心的纠结也显而易见。2022年夏天与我们第一次见面采访前，他到了自己公司楼下，下雨了，他在雨中绕着楼走了好几圈才上来。张力文身高一米六，皮肤黝黑，他说起自己早年在仙游大山里的贫苦生活，读中学时回一趟家要步行好几个小时，沿着无尽的山路一圈圈转啊转啊，然后背点咸菜回学校。他一直不自信，吴志坚友善热情，是他融入城市生活的一个重要陪伴者。谢天琴很克己，她不是好沟通的人，但从来不奢望从别人那里得到什么。

几个帮助吴志坚的朋友，经历也很接近，都是从农村一点点奋斗到落户福州的。而考上北大的吴谢宇，到达了他们所有人没有到达的高度，这曾经是让他们多么羡慕的成就啊。

张力文对我们说："我该怎么去讲述呢？他们一家人这些年的生活，我算一个见证者。但是为什么最后一家人都留不下来呢，整个家庭就要绝了吗？"他感慨吴家和谢家的命苦，早年为吃饱饭而挣扎，然后是他们作为20世纪60年代末的人吃苦考上大学，有了城市户口，找了公家单位，紧接着结婚生子，分到福利房，买了车。这是一个个农村出来的家庭在城市里立住脚的经历，也是一个个中国家庭既重大也平凡的愿望。他问我们："中国人不是希望一代比一代强吗？到底是哪里出错了？"

张力文和朋友们在一起时，很少聊吴谢宇的事情，"大家心里都难受，完全没有办法接受"。

劈成两半的大家族

吴谢宇70多岁的外婆程玉英住在仙游县的木兰溪边，她有时候会念叨起大女儿和外孙。"怎么母子俩到了美国之后，这些年一点消息都没有？不回家看看，也不打个电话？"念叨多了，快言快语的小女儿就会怼她一句："他们也不想你，你想他们干什么？"

2022年谢天琴生日期间，老人又念叨起来，大女儿今年55岁了，到了退休的年纪，也不知道她工作了一辈子的中学，有没有给她办退休手续。2016年2月18日，公安机关曾找程玉英提取唾液样本，以便进一步确定受害者的身份，但老人家对背后的原因并不知情。

案件浮出水面后，莆田仙游老家的吴谢两家就被一劈两半。吴谢宇妈妈这边姓谢的亲人，成了受害人亲属，要为惨死的谢天琴讨个公道；爸爸那边姓吴的亲人，希望法律能手下留情，留吴家唯一的孙子一命。张力文和朋友们想为吴谢宇聘请律师，但外婆作为唯一在世的直系亲属对案件并不知情，所以没法以她的名义请律师，最后吴谢宇用的是法律援助律师。吴谢宇的奶奶在他被捕之后半个月去世了。本来吴家也想瞒着老人，但奶奶出门还是听说了，受到严重打击，一病不起。奶奶临终时跟家人说，看能够想什么办法，留孙子一命。

吴家和谢家的亲人对案件的态度不一样，张力文这几个朋友也感到为难。吴家那边能够商量事情，就是吴志坚的大姐阿花，但是阿花毕竟文化程度不高。吴志坚2010年去世后，吴家其实就慢慢地散掉了。

首先是吴志坚的大妹离家了。她找的是个入赘女婿，吴志坚去世后，她更加抱怨吴家没有人照顾她。吴志坚生前报答的是大姐阿花，两个小妹妹因为精神或智力的不正常也长期得到了吴志坚的资助。大妹觉得自己一直被忽略，在吴志坚去世后，她和老公一起去夫家生活，与吴家再不来往。2010年后，谢天琴用抚恤金和吴志坚朋友的捐助一直给吴志坚的妈妈养老，她也贴进去自己的工资，还要应对大姐阿花的借钱。2015年谢天琴去世，吴家在经济上又回到了彻底没有资助的状况。

2019年我们第一次去吴志坚的老家时，他家倒是有了新房子，是用政府的扶贫款在2016年左右盖的。新房的外观有些气派，三层高的水泥房，但是走进去后，里边基本是毛坯状态，吴家人就在里边生活着。那时候吴谢宇的奶奶已经受打击去世，继爷爷还活着，但是没多久也去世了。

2022年、2023年我们再去吴家时,吴志坚最小的妹妹的丈夫张明在这几年里成了家里的主人,他表现出一种扬眉吐气的情绪。张明本来是吴志坚托人找来的入赘女婿,外地人,一只手干活受过伤,少了根手指。入赘女婿在吴家地位不高,2019年吴家的老人没了,最小的妹妹和大姐阿花不是同一个父亲生的,大姐不太管她。

如今住在吴家扶贫款修的新房里的,是以张明为中心的家庭。张明把自己的妈妈接来养老,他的两个孩子一个上了大学,一个正在读高中。他早已没法像过去那样指望吴志坚的接济,必须在家附近找各种活儿。他老婆智力有障碍,平时去了哪里家人也不管,吃饭的时候她自己会找回家。张明的妈妈在这里住了几年,因为听不懂福建方言而显得孤独,对前来的记者很客气,但是不让自己这个智力有障碍的儿媳夹菜,只给她一碗白米饭吃。没人再替吴志坚最小的妹妹撑腰。

大姐阿花无心也无力去照顾这个一堆苦命人的大家族了,她的另一个妹妹因精神分裂正长期住院。她原本眼巴巴地指望着供弟弟读书出来,改变整个家族的命运。弟弟去世后,她寄希望于考上北大的吴谢宇来改变一切。正如张明回忆吴谢宇考上北大,他脱口而出问我们:"那样的学校毕业出来,以后总归是有年薪百万吧?"

现在,所有的希望都被狠狠砸碎了。阿花的儿子阿勤原本2016年准备结婚,吴谢宇弑母的消息传出来,女方退了婚。30多岁的阿勤还单身，作为亲戚，他们因为这桩人伦悲剧而抬不起头。

谢天琴的妹妹提起姐姐就哭，说姐姐命太苦了。妹妹离婚后住在弟弟家，一起照顾着失明的老母亲。张力文希望他们能出具法律意义上的谅解书，争取保住吴谢宇一命，但是吴谢宇的舅舅和小姨有自己的想法。

2020年12月，吴谢宇案件一审开庭，吴谢两边的亲戚和张力文等朋友，聚集到了一起。除了关注案件外，他们还有一个共同身份——吴谢宇涉及诈骗的受害人。在检察机关起诉吴谢宇的犯罪事实里，他除了用极其残忍的手段杀害了母亲，还诈骗了亲戚朋友144万元。聚集在一起的亲友情绪都不好，也觉得尴尬。吴谢宇的小姨哭哭啼啼为姐姐鸣不平，他的大姑希望能留下吴谢宇一命，两家人说不到一起去。

张力文后来想劝说吴谢宇的舅舅和小姨，能不能在法律上谅解吴谢宇，先留下一命。在张力文眼里，吴谢宇作为下一辈，还能再对他进行教育。但是舅舅在电话里哭着跟张力文说："求求你们，别再劝了，都别再找我了，我已经被他害得很惨了。"舅舅说2015年吴谢宇找他借钱时，他的生意本来就已经不太好，一下子被骗50多万元，生意就做不下去了。他说老婆因此跟他离婚了，"我也被他害得家破人亡"。

分　裂

吴谢宇似乎很少真实地感受到其他人的处境。他像生活在一个玻璃罩子里，只关注着自己放大的情绪，对于被自己碾碎的家族命运，他很长时间内并没有多少感知。

2019年4月被捕后，吴谢宇给做笔录的人留下了口才超群、知识丰富的深刻印象。被捕前，吴谢宇以"周晓隆"的名字住在重庆江北区的半山华府，身边还藏着十余张从网络上购买的伪造身份证。2016年2月在河南永城与刘梦分手后，他先后逃亡至山西、陕西、四川、云南、广西、广东、湖南等地。2016年3月1日，他的账户余额只剩下910.44元，诈骗来的144万元基本挥霍光了。后来，吴谢宇在深圳和重庆的酒吧当过男模，在重庆生活的时间比较长。

吴谢宇的形象是完全分裂的。2019年被捕后，他在重庆做男模时的同事群炸了锅，大家对他的印象是"经常笑着脸""很有礼貌""不像其他男模咋咋呼呼的"，还有人回忆起，觉得他人不错，和和气气的，给他推荐过几次客人。他们对他的另一个印象是节约，但怎么个节约法，也没说，总的评价就是普通，"做事规规矩矩，业绩也平平常常"，过眼即忘。

网上流传的另一段视频中，身处山城的吴谢宇穿着健身服躺在草坪上朗读英语，片段来自2019年3月2日的《经济学人》网站上的一篇长文，文章分析了印度总理纳伦德拉·莫迪执政五年后，印度的民族主义运动走向问题。

他一方面拥有非常多的知识技能，另一方面在真实的生活中像个跌跌撞撞学着走路的幼童。2019年4月在机场被捕，是因为他想追求工作中的一位经理，非要去机场送对方出差。但是在同事们看来，这两人是不可能发展恋情的，经理完全没有那样的想法。

被捕后，吴谢宇在给亲人的信里写到，他是在逃亡的这几年才第一次真正接触社会、体验现实生活，"过去我一直活在书本、小说和影视的虚幻世界之中。只有这几年我才是真正逃脱了禁锢了我十几年的虚幻世界"。大学里他的垮塌，也与害怕面对社会有关，"我没有做好毕业后面对社会的准备，我非常害怕毕业，害怕离开学校，我对自己和自己的未来极其悲观，因为我对自己极度没自信"。

吴谢宇知识和心智能力的不匹配，给他做法律援助的律师冯颖也有很深的印象。在头几次会面时，她耐心地听吴谢宇发表慷慨激昂的"演讲"。他喜欢频繁地引用在书本里、电影里看到的语句和场面，大量提到陀思妥耶夫斯基的作品、东野圭吾的小说、各种电影片段等。冯颖的感受是，这个小伙子的记忆力实在是好。但是吴谢宇的情绪不稳定，他有时候激奋地表达不惧怕死亡，"你们直接判我死刑吧""尽早判吧"，有时候情绪完全崩溃，哭得难以自己。

冯颖敏锐地感受到,吴谢宇根本无法面对自己。她耐心地听完吴谢宇所有的高谈阔论,一次次地,终于,吴谢宇开始说起自己的生活。这些谈论给冯颖留下两个突出的印象。一个是"没有什么少年天才,他人前显得轻松,背后学起来非常累非常苦"。他认为自己在大学里已经学得很苦了,但为什么别人轻轻松松就考得比他更好呢?另外,吴谢宇特别希望被人认可,很在乎别人的评价。会见时,他总会询问外边现在怎么评价他,是不是觉得他是个十恶不赦的坏人。

冯颖比吴谢宇大十几岁,留着干练的短发,戴着眼镜,说起话来理性而温和。吴谢宇觉得冯颖人好,在心里开始把她当个大姐姐。一审开庭前,冯颖总共见了吴谢宇二十多次。有一阵子她因为摔坏了腿,很久没有露面,再次会见时,吴谢宇表现得比较牵挂,也会问她的身体情况。冯颖能感觉到他内心很孤独,渴望温暖。

吴谢宇向冯颖的倾诉里,提到高中和大学的学习氛围完全不一样。最快乐的日子是高中,他觉得自己真的就像一颗星一样,这种星在谁面前都闪耀光芒。同学们都崇拜学习好的,吴谢宇对谁都很热情,别人也很愿意接受这种热情。冯颖向我们说到吴谢宇的感受是:"可是到了大学,当大家不在乎你的时候,你那种热情人家会觉得有点那个,对吧?"

吴谢宇对生活中的各种事情表现出一种让人难以理解的思维方式，这也让冯颖印象深刻。比如一个北大学经济的学生，花几十万元去买彩票，比如与性工作者谈恋爱，向对方提亲，半年时间为对方花费了20万元。

从律师辩护的角度来说，冯颖提议给吴谢宇做精神鉴定，并且也想知道他和妈妈相处的情况。

吴谢宇对做精神鉴定的提议完全拒绝，说到妈妈，他非常维护，他说谢天琴是世界上最好的妈妈，很辛苦、很完美，他绝对不接受为了脱罪而说妈妈半句不是。他后来在信里对舅舅的解释是："我对妈妈，是爱，不是恨或世人可能会猜测的其他任何负面情感。我太爱太爱我妈妈了，可，我从小就不知道怎么在现实生活中去好好爱一个人。"他后来在看守所写了大量自述材料，而写这些"内心最深处最根本最强烈的动机"，是为了"告诉大家我妈妈是全世界最好的妈妈、最好的老师"，"我妈妈是绝不能被怪罪的，一丁点都绝不行的"。

为什么要在2016年春节主动暴露案件？吴谢宇的解释是："我觉得我妈一个人放在那边（被杀害在家里）太惨了。"

"我要活"

2020年12月24日，吴谢宇涉嫌故意杀人、诈骗、买卖身份证件案第一次开庭。吴谢宇后来提到他在庭审上的感受，他原本想象了无数次，看到被自己伤害的亲人长辈们后，他会走过去跪下，向他们磕头认错。但是，"真开了庭我才知道一切都根本不是我想的那样，我戴着手铐脚镣，穿着厚厚的防护服，走路都艰难，我走进法庭就开始害怕，我不敢往旁听席看，我怕看到你们。直到此时我才发现，原来我还是如过去那般胆小懦弱……"。

吴谢宇对事情的描述总是陷入"我原以为"和"才发现是这样"的矛盾当中。他在头脑中有一系列关于很多事情的想象，这种想象来自他读小说、看电影得出的经验。对于现实生活中真实的人和事，他不屑于真诚地通过人际交往来感受，后来他才意识到这种"当时是自以为是"的傲慢。

包括他对妈妈去世之后的想象。检察机关在庭审中出示了谢天琴被杀害之后的照片。由于案件过了半年才暴露，检察机关出示的照片也是谢天琴被杀害半年之后的样子。吴谢宇说，这张照片彻底压垮了他——"我的妈妈已变成了那样的凄惨、那样的丑陋可怖啊！""那张照片是妈妈死后变成的样子，上帝啊，我做梦都想不到，我的妈妈总是那么地爱干净，把自己收拾得一丝不苟，总是那么美丽娴雅的，我妈妈最后竟变成了那副模样啊！"关于妈妈死后的样子，他曾幻想因为买了很多防腐剂，"妈妈走后就像白雪公主、就像睡美人"。

张力文旁听了第一次开庭，他感觉到了吴谢宇在厚厚的防护服之下的不稳定和脆弱。吴谢宇哽咽着提到,"有爸才有家",对爸爸的离世一直不能释怀。他强调妈妈的完美,一点都不能责怪妈妈。对于自己和同居女友刘梦的关系,他理解的是他应该绝对服从,像个机器人一样。

大约八个月后,吴谢宇等来了一审的死刑判决。他后来写信给张力文,"我听到了你们四位叔叔对我谅解,无比感动感激又羞愧内疚,但我听到我的阿姨(小姨)、舅舅都没谅解我,我顿时如坠冰窖、心如死灰"。

当"死亡"这个让吴谢宇极度恐惧的事情真的迫近了,他描述自己,"现在的状态是很绝望,之前像行尸走肉,不说自己像是吴谢宇。被抓后,被迫去回忆一些事情很痛苦、很羞愧,觉得自己像个畜生"。

他选择了上诉,因为在看守所看了一本法律书,他希望这本书的作者成为他二审的辩护律师。吴谢宇的上诉理由为:作案后极其悔恨,愿为自己犯下的罪行接受惩罚,愿意赔偿被骗亲友的经济损失,其并非如一审认定的毫无悔意,请求改判死缓,给其一个活着赎罪的机会。

吴谢宇开始给大姑、舅舅、小姨、张力文等人写信,既是讲自己从小成长的心路历程,也在求他们谅解自己。特别是舅舅、小姨,他们的谅解有可能给他带来生的希望。

　　阿姨(小姨),我也不想瞒你,我写这封信想向你认错，想和你说对不起，想给你一个交代，想让你能好受一点点，但，也为了我自己。

我现在的情况呢，可以说到了最后时刻了。我被判了死刑，虽然有上诉，但没有意外的话二审也会维持原判，也就是还是判我死刑……

我确实明白这都是我罪有应得……

只是呢，我还是想告诉你：

阿姨，我想要活下去，我真的无比渴望能活下去！

舅，我现在的处境是这样：我被福州中院一审判了死刑，虽然我上诉了，但希望很渺茫，按照法律程序，接下来是福建省高院二审判决，如果省高院仍然维持死刑的判决，最后的希望就是最高人民法院的死刑核准程序，如果最高法也核准了死刑，那我就将被执行死刑了。我知道这全是我自食其果，我现在可能只剩下几个月的时日了。

请求你谅解我，给我一个活下去的机会……我请你给我一个活着去用我的实际行动证明的机会。

在吴谢宇之前所有关于自己的叙述中，他的情感似乎和妈妈是一体的。他有聪慧的学习知识的头脑，可是没有形成独立的思考能力，没有发展出独立的人格。为什么要杀掉自己这么爱的妈妈？他虽然给出了很多理由，可实际上没法让人信服。他笃信妈妈是完美的，是容不得一丝挑剔的。

如果他有能力辨析妈妈和自己的不同，能看到妈妈性格的局限而不完全认同，他或许就无须用如此残忍的方式，来撕掉捆绑着他的"紧箍咒"。妈妈的认知局限着他，而他为了做让妈妈喜欢的孩子，不自觉地成为禁锢自己的共谋者。悲惨的是，他剥夺了妈妈的生命，而等到他真正面临被剥夺生命时，他才开始"破壳而出"，直接喊出——"我想活"。

2021年8月一审死刑判决后，他写信求这些长辈们："我等了这么久，想等我的亲人长辈们有一个人对我说一句话：'你要好好活下去！'……你愿意救我的慈悲情义之心，已经救了我！"

每一封信他的署名都是"不孝逆子吴谢宇"，他留下自己在看守所的地址，期盼着亲人回信，"哪怕只有一个字都好"。但是没人回信，即使是有心帮助吴谢宇的张力文，也没有回信。他说哪怕是读一遍吴谢宇的信，他都头疼。吴谢宇2015年骗钱的时候曾大段大段给张力文发信息，张力文说这些信息在自己的旧手机里，他不想再翻看。从朋友情谊来说，他希望吴家能留下后人，但是从人伦道德来说，他没有办法去安慰吴谢宇。吴谢宇刚被捕的时候，他递东西进去，托警官带的话是"好自为之"。

提到谢天琴被杀害，他突然用一只手握住另一只手的手腕，闭着眼，难过地摇晃着头，"不要说这个了，不要说了"。那种悲伤的神色，让人动容。

看守所里的"好学生"

因为新冠疫情的管制措施，吴谢宇案件的整个审判过程都延长了。他待在看守所里，再次像一个好学生一样，看书写作，表现得非常乐于助人。

2019年12月因非法采矿被抓进看守所的秦云刚，与吴谢宇相处了15个月。吴谢宇的文化水平高，这仍然是他的一个重要标签，他热心指导看守所的其他人，比如怎么理解诗句、孩子要不要考"985"学校，他自己一有空就埋头写东西。秦云刚近50岁了，文化水平低，在看守所里也学着背诗。吴谢宇借着给大家讲"雄关漫道真如铁，而今迈步从头越"，劝慰他们要立志，不要在里面垂头丧气。秦云刚说："讲句不好听的，在看守所那种地方，有些人自杀的心都有，但吴谢宇在里边很积极。"秦云刚损失了很多钱，吴谢宇一直劝解他，"天生我材必有用，千金散尽还复来"，说人生有很多惊涛骇浪，钱没了还可以再赚。

在某种程度上，吴谢宇可能又找回了自己被需要的感觉，被需要使他认为自己有价值。他在看守所里从不与人发生争执，天冷的时候，他看到别人洗衣服，就去帮人洗。2021年中，秦云刚的案子判下来了，他转移到了监狱。吴谢宇给秦云刚写信，一直说秦云刚为人非常好。秦云刚想回信，但监狱不让给看守所写信。

冯颖作为一审辩护律师，和吴谢宇的交道本来就此结束了，但是吴谢宇仍然把冯颖当作一个知心姐姐，过一段时间就给她写信。他像一个想得到表扬的好学生一样，汇报自己在看守所积极帮助他人，做了很多有意义的事情。冯颖给他回信，但是会提醒他，"你自己的事情也很重要，为二审多做准备吧"。

2021年4月，一审判决下达前，吴谢宇给合议庭写了长达一百多页的自述材料。他像个知错的孩子一样，一再表示自己完全悔悟，意识到自己做的事情非常罪恶。似乎他认识到错误非常难得，值得轻判。他的自述材料写得像篇长论文，有总论点和七八个分论点，每个论点他又分开陈述。但是在外人读来，吴谢宇的叙述非常重复，翻来覆去说着他怎么从一个以自我为中心的高才生到做出极为罪恶的弑母举动，以及他在逃亡过程中一点点接触到真实生活，从而意识到生活的美好和自己的罪恶。

在吴谢宇的这份自述材料里，他说他后来意识到，妈妈还是热爱生活的。妈妈谢天琴的形象立体了起来。吴谢宇说，他回忆起妈妈爱吃零食，逛超市的时候总是在零食区徘徊很久，拿不定买什么，最后会什么爱吃的都买一点，很浓的酸奶、沙琪玛、牛奶味和原味的立顿威化饼干、奥利奥、牛肉粒……妈妈最爱的花是三角梅，还会在家里阳台上养芦荟、养仙人掌。"每次她看到花盆泥土里冒出的嫩绿的小三叶草，还会经常怜惜地给小草浇点水呢。"他说他终于意识到，"啊！妈妈其实就是这么一枚可爱的吃货，就是这么一个爱花爱美的女孩……"。

吴谢宇说2016年3月左右他在逃亡路上读了《少有人走的路：心智成熟的旅程》。这是一本指导人对自我进行心理疾病诊断与治疗的读物。"以前我很少读这样的书，更从不会把书用到我自己身上去看看我自己有没有什么心理问题。因为我自以为是、以自我为中心地觉得：'我怎么可能会出问题？我怎么可能会有什么心理疾病？'但，现在我已知道我的整个思想观念一定出了最根本、最可怕的大问题，于是我才终于开始真正地反躬自省。"

他还很有兴致地提到，他在逃亡途中和在看守所里没有一刻不在学习和努力。勤奋早已刻进基因，他一点时间都没有浪费。为了证明他意识到自己的严重错误，已经在改过自新，他提到他在重庆给两个孩子做家教。这两个孩子的家庭都有复杂的故事，而他努力跟家长谈心，让家长鼓励孩子说出真心话，为他们协调家庭矛盾。

2021年底，在和二审辩护律师会见时，吴谢宇仍然在乎外界的看法，"我在看守所写的一些东西，都是为了做一个交代，不想让大家把我看得太坏"。他不再像之前那样执着于自己因为爱妈妈才杀害她，"我到底为什么这么去做，我自己也解释不清楚"。他会提到公安的陶警官、检察官都对他很好，原先的想法都是自以为是，如果之前能有这样的开导，他就不会做出大逆不道的事情了。

经济上怎么补偿亲友，吴谢宇也提出了解决方案。他家在马尾的那套98平方米的房子，市价150万元左右，与他骗取亲人的144万元很接近。他希望卖了这套房子来补偿大家。

张力文和他的三个朋友马上表示，他们被骗的61万元就留给吴家。吴家又陷入了贫苦的命运，而他们也就只能帮这么多。卖房剩下的钱可以弥补吴谢宇舅舅和小姨的损失，这在他们看来是一种解决方案。

但是吴谢宇的舅舅和小姨对这种方案一直不表态。谢天琴的遗体这么多年一直在殡仪馆里，并未入土为安。吴谢宇的前姨父刘裕宗听说了这件事后的第一反应是，"这当然应该是吴家人来解决啊，谢天琴嫁给吴家了，就是吴家的人"。吴家唯一能出面的大姑，一直把自己看作一个需要帮助的弱势的人。舅舅和小姨与大姐谢天琴一样，本来就不喜欢与外界的各种往来。"反右"时父亲眼睛的经历，给他们留下的苦命的伤痕，因谢天琴的被害而变得更加不可触碰。

在高大漂亮的新商品房的包围下，吴谢宇和妈妈曾经生活的"铁二中"家属楼显得更加破旧。五号楼的102房间因为成了惨案现场,至今仍空着,但是楼里其他人的生活在继续。2022年夏天我们去探访时,马老师正在邻居家打麻将。这些邻居都是谢天琴的老同事,提起谢天琴,每个人看法不同,语气也不一样。马老师跟谢天琴感情深,伤心事再次被提起,她难受了很久。

2023年春天,疫情管控措施解除,吴谢宇二审的事情提上了日程。当我们再次找到马老师,她说她再也不打麻将了,因为一到那个场景,就会想起大家谈论谢天琴,触动了她的伤心事。每一次想起谢天琴,她就睡不着觉,嘴里起泡,好几天才能消下去。

二审判决会是怎样的呢?马老师低着头,她跟吴谢宇的小姨来往很多,很替小姨、舅舅的立场考虑,但是她叹着气说:"如果去问谢天琴,她是不希望孩子死的吧。你说这是什么,这就是当妈的心。"

2021年8月吴谢宇被一审判决为死刑后,他开始了每天戴着脚镣、手铐的日子。死亡离得近了,他一封封地给亲友写信。"大姑,如果我现在死了,那我给我爸妈给你们带来的所有耻辱就连一丁点洗刷挽回的机会都没有了……""如果现在死了,我就将永远以眼前这个可恶可恨可悲可鄙的罪人为结局了啊,我不甘心!我现在时间真的真的很有限,我在写一些材料,看能不能争取到一个生的机会……"

追求完美的他,在信的末尾还会向亲人解释,因为戴着沉重的脚镣、手铐，字写得难看，请不要怪罪。他也在给合议庭的信里提到他从小到大的好分数、竞赛名次，以及他高中时被评为"省三好学生"，以证明他有"赎罪的能力"。

在极强的求生欲被唤醒后，2023年5月30日，吴谢宇等来了对他的二审死刑判决。

吴谢宇在狱中写了一百多页的各种自述材料，他总是在想着向世人证明，他不坏，他的家庭也很好。在2021年4月写给合议庭的材料里，有一段非常特别，吴谢宇幻想着如果妈妈没死，他们的生活会是什么样的。

他这样写道：他会娶个孝顺的女孩，生个孩子，让妈妈享受天伦之乐。妈妈陪着孙儿，教他读《唐诗三百首》，陪他看《米老鼠和唐老鸭》，就像小时候对待他一样。妈妈会跟孙儿一遍遍讲吴谢宇小时候的故事，一直到孙儿捂住奶奶的嘴，"好啦好啦，爸爸小时候的事情，你都给我说过好多遍，我都会背啦"。谢天琴会怜爱地摸摸孙子的头，笑着说自己真是老了，记性不好。

谢天琴不太爱出远门，以前每次出门回家，会说"好累，又要洗一大堆衣服了"。所以吴谢宇想象着，他以后只用偶尔带妈妈出去旅游，带吃货妈妈去品尝各地小吃。他要买一台很大的电视，这样妈妈在家就能和孙子一起看很多电影。妈妈带着孙子，就像吴谢宇小时候一样，一起看《纵横四海》《东成西就》，一起看赵本山、高秀敏的小品。吴谢宇小时候常常笑得趴在地上，猛拍地板，谢天琴看着儿子，笑得饭都吃不了。谢天琴总是闲不住，即使嘴上说累，也不停地忙着。小时候吴谢宇哮喘犯了，谢天琴陪着床上的儿子唱《大海啊，故乡》。

吴谢宇说，妈妈老到了要离世的那天，他一定要握住妈妈的手，好好陪妈妈说话。他要把爸爸离世时他不敢面对的、他后来悔恨不已的，给弥补了。

在他的想象中，"接着，妈妈会看着我的眼睛，说出那句我等了一辈子、盼了一生的话：'小宇，你是妈妈这一生最大的骄傲。妈妈这一辈子啊，挺满足的了。'最后，我会在无法想象的幸福与悲伤中，对妈妈说出我在心中藏了一辈子的话，'妈，我最幸运最幸福的事，就是有你做我妈妈，我真的好爱好爱你'……"。

2024年1月31日，吴谢宇在福州被执行了死刑。

记者手记

我们都不是社会的"陌生人"

吴 琪

一

在采访中被人拒绝，对于做社会新闻的记者来说，真是家常便饭。我们总是抱着"必须要采访到"的决心，怀着忐忑不安的心情，小心翼翼地推开一扇扇陌生人的门。一个极端的、违背人伦的惨案背后，亲人朋友的情绪非常复杂。回避，是多数人的一种本能。

2023年2月2日，春节假期过完不久，我直接找到了张力文在福州的办公室。我的同事王珊在头一年的夏天采访过张力文，他积极配合了采访，还带着王珊一起回了趟吴谢宇父母的老家——福建仙游。王珊的采访非常深入，我是在后来和她一起工作的过程中才发现并惊诧于她那一趟得到了多少"材料"。2022年夏天的那次采访，使我们对吴谢宇的三口之家，吴谢宇的大姑、舅舅、小姨等人多了不少了解，但这些信息是零散破碎的，要把它们组合到一起，形成对这个家庭的深入认知，年轻的王珊还不太容易做到。

如果不能从全局做判断，局部信息就不能得到合适的安放，我们对这个惨案牵涉到的各个人的讲述，很容易发生偏离，所以此时距离我们能够再次推出这个案件的报道还为时过早。

吴谢宇弑母案2016年2月暴露出来，全社会震惊。他身上"北大高才生"的标签，使这件事情的反差比一般弑母案件的冲击力更大。这也是我开始采访后接触到的吴谢宇父母辈朋友们的疑问——为什么？他不是一直很优秀吗？他不是以全福州市第二名的中考成绩考上了当地最好的高中吗？他不是在高考前就被北大"抢"到手了吗？在当下的社会语境里，还有比这些更能证明一个年轻人优秀的证据吗？

一个看似突发的极端案件里，母亲和儿子成了剧烈冲突的两方。人们自然而然的疑问是：这到底是妈妈的问题还是儿子的问题？事情为什么到了这一步？如果按照简单归因的思路，记者的采访很容易局限于"在妈妈和儿子之间找问题"的想法里，到底是这个妈妈让儿子无法忍受，还是儿子的人格出了极大偏差？

但是，有经验的调查记者会对这样的思路非常警惕，我们能猜测到的原因，都可能是这个真实事件的一部分，但不要仅仅因为这些浮在面上的原因，遮蔽了底下的多重"地层"。真实的生活中，多个元素在同时跃动，有的按照必然性在它的惯性轨道上奔驰，有的并没有明确的方向，还有一些纯粹是外来的一瞬间的偶然力量，也有可能改变一件事情的面貌。所以，在试图看到"多因致果"的过程中，记者的思路要保持相当的开放性。

采访方法也很重要。从采访能获得的材料来看，关于吴谢宇一家三口的相处情况，只有他们自己的文字材料：吴谢宇在看守所的自述材料、谢天琴的日记和吴志坚给妻子的几封信。

吴谢宇作为这个小家庭当时唯一在世的人，不被允许接受采访。我们如何能更全面地获取材料，需要我们头脑中有一张立体的采访图表。吴谢宇的大姑、表哥以及张力文是在吴家住宿过的人，对关起门来的吴家生活有切身体会。马老师在和谢天琴的多年交往中，对她的心理活动有较多了解。吴谢宇的一审、二审律师与他有多次面对面的交谈。这些都是我们使自己的采访更加多元、全面的来源。

2023年2月2日那个下午，我之所以直接"闯"到张力文的办公室，是怕他对我避而不见。从2016年案件暴露到现在，张力文本来是最愿意跟媒体打交道的人，但真的接近他，我们才意识到他内心的纠结非常深。在2022年夏天王珊采访的时候，张力文就对我们的报道寄托了很大的期望。他作为吴谢宇爸爸吴志坚的多年好友，有着基于一种传统观念的朴素愿望，觉得应该做点什么，"总不能让这个家庭，一个人都留不下吧"。但是为一个杀了母亲的人辩护，他也知道于情于法都不容，更何况互联网上的舆论也是一把看不见的利刃。

这样复杂的情绪也影响着他对媒体的态度。当有媒体找到他，张力文心里不免升起期望，觉得吴家的这桩惨案可能以更多的维度呈现在大家面前。不过他同时也知道，他对吴家人有着深深的情感，大众未必会有，更多人或许只期待一个法律上大快人心的判决。王珊在采访他的时候，也感受到了他的期望，但我们作为媒体人，还是会让他意识到，我们的报道不是试图去影响司法判决，我们也没有办法简单地让某一方的采访者满意。我们要做的，是在努力接近真相的过程中，看到一个包含法律但同时还包含社会维度的更大图景。虽然互联网的舆论，在今天也已形成了一种强大的审判力量，但作为严肃的公共媒体，我们不为任何"审判"推波助澜。

张力文不是不理解公共媒体的立场，只是每一次记者的到来，使他的希望又不可避免地被牵引起来。与案件相关的每一个变化，都使他觉得自己像提线木偶一样，情绪被一种不可预知的力量操控了。

我到了他的办公室一个多小时后,他从外边赶了回来,显然有点不高兴。但是按照福建人的基本礼仪,他还是摊开茶具,泡上了茶,然后剥了一个桌上的橘子给我。剥了一半,他犹豫了,"你不嫌脏吧,有些人有洁癖,不吃别人剥开的橘子,比如谢天琴"。于是我们的话题,自然地转向了谢天琴。

作为记者,采访对象给我吃的喝的,我肯定都接受。对方也是在这样的过程中"观察"记者,感受你是不是一个有"人之常情"的人。对他来说,我突兀地闯进他的生活,我到底是一个能够共情于他的人,还只是带着浓重的主观色彩,让他说出点什么戏剧性的材料,然后夸张地去放大的人呢?他也需要在与我的接触中,对我进行某种判断。

《三联生活周刊》记者的采访传统比较朴素,只需要呈现出自己作为一个活生生的人的本色,自然而然地开始聊天。在内核里,记者平时接受的训练要把自己作为超脱于某一事件的"陌生人",不受限于当事人的局部视角,但这完全不等于在情感上超脱于我们正在采访的事件。相反地,情感上我们必须投入进去,与任何一个普通人一样,听采访对象讲述的时候,有惊诧、有叹气,当他们难过地闭上眼,我们也经常是红了眼圈。所有让我们感慨的地方,也是可以自然而然提出问题的时刻,交谈就会顺畅地进行下去。

张力文在2022年与王珊的相处过程中，除了讲述他与吴谢宇一家三口的交往，也讲了他自己的很多故事。他从一个穷山沟怎么到镇子里去上中学，他去昆明上大学的时候才第一次看到火车票，他在融入城市生活中内心的种种自卑……对于年轻记者来说，这些都是很难融进案件报道的"无用材料"。但是对我来说，这是触动我的一种"旁逸斜出"，它不在预计之中，却让我看到了这个案件扎根的土壤，一种宽广得多的报道视野。

张力文是吴志坚和谢天琴的同龄人，他们互相陪伴着，从乡村（镇）进入福州这样的省会城市，成为家族里在福州的"第一代移民"，从头建立全新的生活。他们通过高考改变了命运，在孩子的教育上也笃信"知识改变命运"。过去三四十年经济的快速发展，让太多人感受到了现代化带来的眩晕，前人的生活经验变得不再管用，这一代人只能靠着自己摸石头过河，他们也不可避免。福建人重土重乡，城市规则与传统社会的冲击和对撞，他们也感受到了。既要经营自己的小家庭，又要满足传统社会对一个人在家族作用中的定位。从张力文看似庞杂的自我讲述里，我看到了非常熟悉的中国整整一代人的人生历程。

在案件从2016年公安侦查到2021年法院一审判决的过程中，公安民警跟张力文打过几次交道，因为他是吴谢宇被控告诈骗的受害人。但是对张力文来说，司法意义上与案件的关联，并不能解答他的困惑，也不能安抚他起伏的情感。他问我：法律是可以给一个判决，但法律不能解答的部分更多。有谁关心这个曾经鲜活的家庭？有谁在乎相关人的情感？有谁试图去理解事情为什么会走到这一步？

我在想，或者这就是记者和媒体的空间，或者说是我们存在的一种价值。如果做社会调查的记者看不到极端事件背后的价值，看不到悲剧带来的警醒，我们就很难在一次次被人拒绝之后，又试着再一次敲开他们的门。

二

悲剧发生之后，其他人的生活还得继续。当我走进事发地所在的福州教育学院第二附属中学家属楼时，这种感觉尤为强烈。"铁二中"离福州火车站不到两公里，附近这一片的楼房可以从视觉上做简单区分：气派的石材外立面的新商品房，进出小区有高大的铁门把守，保安穿着立领长制服；比较之下，显得灰暗低矮的水泥外立面的是老公房，没有电梯，老房子基本是铁路系统的单位和家属楼。

吴谢宇一家三口一直住在谢天琴单位分的房子里，谢天琴所在的"铁二中"属于当初因配套铁路系统而建立的学校。虽然这所学校后来脱离了铁路系统，但是人们习惯叫它"铁二中"，从地理位置来说，它也处于被迅速现代化的城市给边缘化的区域。惨案已经过去七八年了，吴谢宇家在一楼，阳台一直被几块扯起来的布遮得很严实，布面因为日晒雨淋早已看不出颜色。他家对面那户看来已经很久没人住了，或许是楼上掉下来的一件连衣裙，挂在阳台的防盗窗上，一直迎风飘扬。楼里居住的谢天琴的同事们，多数已经是退休状态。到了饭点，饭菜的香味从一扇扇门窗飘出来。谢天琴是这拨同事里年龄小的，当初这些老师们一起从南平调到福州，"铁二中"特意给他们加盖了家属楼。2023年，谢天琴如果活着，也到退休的年龄了。

学校分给谢天琴的房子，其实只建了二十多年，但城市发展得太快了，它已经显得破败。2000年一家三口搬进去的时候，吴谢宇6岁，他的爸爸妈妈先后离开南平调到福州，这时候一家人不仅团聚，还在福州有了自己的房子。整个小家庭有一种蒸蒸日上的气象。在这个70平方米的空间里，吴谢宇度过了6岁到15岁的重要时光。在关起门来的三口之家的空间里，他们的真实生活到底是什么样的呢？

一开始，我们得到的关于三口之家关系的文字材料，是吴谢宇自己的讲述。2021年夏天一审被判死刑之后，他有了强烈的和外部交流的动机，他给舅舅、小姨、大姑、张力文等七八个人写信。舅舅、小姨作为谢天琴的弟弟妹妹，是受害人亲属，吴谢宇给他们写信希望获得谅解，这是在法律上对他有利的事情。他给大姑写信，也是希望大姑能够帮他求情，获得妈妈那边亲人的谅解。他给张力文等爸爸的几位朋友写信，是感谢他们被他骗了钱之后，能够迅速谅解他。

可以说，吴谢宇写这些信有着非常明确的动机。在此之前的2021年春天，他也写了100多页的材料提交给法院的合议庭，希望法官能够了解他的过去，能够倾听他在反省的过程中怎么一步步意识到自己的问题，能给他一次赎罪的机会。这些大段大段的文字，情感上非常黏稠，却极少有事实的讲述，似乎这一家人就没有鲜活的生活。也就是说，如果我们想从几万字材料里辨析出来，他的成长经历到底遇到了什么事情，非常困难。材料里更多的是"我多么多么爱妈妈啊""我的妈妈是世界上最完美的妈妈"这种浓度很高却非常抽象的表达。他跟一审律师说他最怀念的就是爸爸去世之前一家三口的日子。我们追问律师，那具体是什么样的日子呢，他有没有描述是什么场景，一家人处在什么样的状态中？律师想想说，吴谢宇描述的是他在做作业，妈妈在厨房做饭，爸爸在看电视。在我看来，这其实是一个缺乏交流的场景，家里三个人各做各的事情，相安无事而已。但为什么这个场景对吴谢宇来说，都已经是一个极为满意的、只能怀念的状态？平时一家人有说有笑的场景发生过吗？

关于吴谢宇和爸爸妈妈的相处，我们也通过采访获得了其他人的口述材料。比如住在吴家楼上的马老师，与谢天琴相处了二十多年，像个姐姐一样为她的家务事出谋划策。吴谢宇也是马老师看着长大的。从吴志坚的朋友来说，离这个家庭最近的就是张力文。我们对两人都有多次的采访，每当我们获得新的信息，觉得与他们提供的信息冲突或是能够补充，往往会再次跟他们交流。这样我们能够更加确认他们表述的准确性，也能勾连起他们之前忘记讲述的记忆。

马老师看到的是谢天琴的难，她为母为妻的不容易。谢天琴在工作上也不认输，虽然"铁二中"是一所不太好的高中，但是谢天琴尽职尽责。马老师这些年里与谢天琴的弟弟妹妹也有往来，她尤其与谢天琴的妹妹亲近，所以关于谢天琴在仙游老家的经历，她也有一定了解。在弑母案发生之前，她看到的是吴谢宇的听话、优秀，母子关系好。谢天琴提到儿子总是说"随他"，并不是一个严厉的妈妈。

张力文带着王珊采访了吴谢宇的大姑，大姑讲述了吴家在农村的贫穷和疾病，命运怎么一次次因为家里男性的丧失而把她们推向进一步的窘迫。压在吴谢宇爸爸肩上的重担，连跟他十分熟识的张力文都很吃惊：吴志坚为人处世非常和善，让人很放松，也从不小气。可是谁能想到，他在农村的大家庭所有的"窟窿"都需要他来不断填塞。这是他一辈子都不能真正完成的人生"功课"。

大姑对谢天琴的心态有些矛盾，一方面谢天琴在她看来很不好相处，她受了一些气，也很心疼弟弟在肝癌晚期的境遇；另一方面谢天琴在金钱方面并不小气，吴志坚给吴家的补贴她至少没有公开阻拦，大姑又觉得这个弟媳是合格的。在这个小家面前，大姑所代表的吴家的农村大家庭几乎帮不上忙。吴志坚临终前的一个多月，她们作为亲人给予了温暖的照护，这也是她们唯一能做的。吴谢宇上大学以及后来出事，都远远超过了农村这一家子人的经验范围。大姑除了掉眼泪和难过，做不了别的。

从马老师、张力文和大姑的表述来看，谢天琴在行为上是一个内敛克制的人，道德要求高，不愿意求助于人。但是她的洁癖非常严重，严重到了不近人情的地步。她和多数人保持着距离，没有往来。跟她接触的这几个人，也都是把洁癖仅仅看作她的一个特点，能够包容她的人。吴志坚在大家看来开朗平和，若不是肝癌使他英年早逝，他平稳的人生还能一路向上。

除了谢天琴显得突出的洁癖，这听起来多像一个普通家庭的故事啊。吴谢宇在他写的各种材料里，也从来没有提到父母对他的不好，他只是特别渴望获得爸爸妈妈的认可，尤其是妈妈对他的认同。

这也是我们更深入了解这个家庭后的感慨，如果不是最后那场惨案，这个家庭显得多么平凡而有代表性。中国有多少在城市里新建立的小家庭，爸爸以工作为主，妈妈的情感和精力主要奉献给了家里；他们不让孩子做家务，不让他操心家里的任何事，就是为了让孩子一心一意学习。这在很多人看来，有什么不对吗？但是，谢天琴对孩子的极力"保护"，也是在截断他的人际交往和情感世界；她在日记里表达出来的对吴志坚的情感，非常黏稠。吴志坚有了儿子之后，其实也在躲避家庭生活，这让孩子和妈妈越绑越紧。

但张力文、马老师和大姑的讲述也使我意识到，谢天琴的角色不仅仅是妈妈，吴志坚也不只是一个父亲，他们同时是他们自己。他们作为独立的个体，有他们的成长轨迹和时代痕迹，有他们的个性、期盼、欲望与命运。所以，我们试图了解的不仅仅是这一家三口在隐私空间里的生活，我们也应该看到这三个人各自的来处，家族、时代在他们身上叠加的影响。

这个事情的景深，使我从一起极端的命案看到了背后更具普遍性的基底。我们不只是在写一桩奇观式的案件，我们不只是在远处毫不共情地观望"他们"。我们看着看着，在其中发现了"我们"。

当我穿梭于"铁二中"略显破败的家属楼，看着它附近新建的高楼大厦，也会想，不知道谢天琴会不会羡慕高楼里的生活？她高度自尊，很少表达出对物质的欲望，但是随着吴志坚的疾病加重，她对自己是苦命象征的形象认定，被深深地加强。在吴志坚2010年去世之后的一两年里，谢天琴仍旧给他写信，这些信也可以被当成日记，是谢天琴唯一能够自由吐露心声的地方。她埋怨自己在吴志坚的最后阶段还在要求他像正常人一样，对他不够体贴。她也明确提到，吴志坚临终前想把大家庭托付给她，她没有办法全部承担。她抱怨自己住的房子老了，各种使用不便利，使她心烦意乱。因为有着"孤儿寡母"的身份，谢天琴觉得所有人都在欺负她。

或者我们也可以说，这是一个女性对自身处境的一种诉说和发泄。她仍在现实世界里履行着照顾孩子的职责，只是她没有办法以一种平静的心态接受命运对她的不公。作为经历过一些世事的中年人，我不是不能理解谢天琴，但是在以她为世界的孩子眼里，却是"妈妈不想活了"。

吴谢宇对自己动机的描述，可信吗？他对妈妈心态的推测，是真实的吗？他在绝大多数的材料里说自己弑母的逻辑是：妈妈不想活了，他希望帮助妈妈解脱。当我和王珊一开始看他的自述材料时，对他的讲述很反感。因为这里边最突出的一个逻辑是：我妈妈活得多么辛苦、多么不快乐，她想死，我帮了她；可是一旦回到他的处境，那就是他非常想活，希望世人给他一个赎罪的机会。为什么妈妈的生命就可以被残忍剥夺，而到了他自己这里，生命就这么可贵呢？

我把我的疑问抛给了吴谢宇的一审律师，她说她也感受到了吴谢宇的分裂。本来按照最有利于他脱罪的说法，就是讲述妈妈的不好。因为妈妈不好，使他产生了极端暴力行为，但吴谢宇完全不允许任何人说妈妈不好。可是一审真被判了死刑，当死亡迫近了，他真实地感到害怕了，他也不再说"赶紧判我死刑"这样的话，他确定，自己想活。似乎只有死亡指向自己，他一直躲在"爱妈妈"这个心理状态背后的自我，才能真的意识到自己内心深处的主张，并把它说出来。他如果能更早地意识到爱包裹的恨意，意识到自己的懦弱和傲慢，是不是就不用实施如此极端的行为了呢？

当我们多次一遍遍细读吴谢宇的自述材料，似乎能慢慢知晓他的逻辑。这种知晓完全不等于认同，而是能逐步适应他想问题的方式。在小家庭一切以他为中心的养育里，吴谢宇习惯了从自我出发，即使在父母辈的大家庭里，他也一直因为成绩好被所有人称赞。在2021年4月交给合议庭的材料里，他说意识到自己之前的自私，从来不需要考虑别人，也从来不会对同龄人敞开心扉，因为他是遥遥领先的第一名，不需要从任何人那里汲取能量。

可是他的价值只建立在"绝对的第一名"上面，而不是任何其他意义上的优秀，分数之外没有热爱、激情、奉献、责任，分数之外什么都没有。当他没有办法再通过第一名建立价值，如果不毁掉过去的"壳"，他将"溺水而亡"。一个健康的正常人可能通过痛苦反思，通过向他人求助来渡过难关，而他一直扮演着不麻烦任何人而独自出彩的人生角色。他心中的恶，把一切导向了极端的残忍。

吴谢宇的大量自述、信件和谢天琴的日记、信件，构成了我们理解他们内心世界的一个窗口。谢天琴的私密日记，完全不为日后被人观看而记录。吴谢宇的自述则有着强烈的活命诉求。所以，作为记者，我们并不是简单地全盘相信吴谢宇的自我表达而采信他的材料，而是在事实比对、情感梳理的过程中，尽量去还原他理解这个世界的方式。与吴谢宇相处过的中学和大学同学、邻居、大姑、表哥、前姨父、父母的朋友们，也都是我们的采访对象。文字材料和采访所得的材料，到底能怎么形成一个相对客观的呈现，是我们最为在乎的。有人看到他听话、阳光的一面，有人看到他作为孩子非常非常在乎妈妈的那一面，有人看到他活得很机械的一面……正是这些"多面"，让我们意识到，一个真实的人和他所处的环境，永远不是单一的、静态的。

三

在采访过程中，有两位心理学家也为我们更深入地理解这个家庭，提供了帮助。

一位是曾提出高校学子"空心病"的徐凯文老师。当我们把采访所得向他讲述时，他提醒我们注意，吴谢宇外公在"反右"时戳瞎眼睛的事是这个家族的重大创伤，这个创伤很大程度上影响了谢天琴的性格和命运。在这次交谈中，我和王珊才意识到，我们在谢天琴仙游老家的采访有一个疏漏。我们采访的谢家老邻居，要么是"文革"后期才嫁到那儿，要么"文革"期间还是幼童，所以她们并不了解吴谢宇的外公在"文革"期间是一种什么样的生活状态，只是留下了这个老头很有尊严、很有文化的印象。徐老师也问我们，那个年代，一对盲人夫妇到底是怎么把孩子喂饱带大的呢？谢天琴在童年到底吃过什么样的苦呢？

另一位专家是北京大学第六医院儿童精神科医生林红。林老师听我讲了一整个下午，她提出几个需要关注的点。一个也是吴谢宇外公的悲惨经历，谢天琴在小时候到底目睹过什么？为什么她后来一直对外界有很强的防备心？林老师问，谢天琴的父亲经历了这么可怕的事情，在外人面前还都留下了正面形象，那他内心脆弱痛苦的一面体现到了哪里呢？他在家中的形象也与他在外边的形象一样吗？他是不是实际上戴着"面具"在生活呢？

林老师也让我关注，为什么谢天琴遇到家务事总是找马老师商量。这本来应该是女儿找妈妈商量的事情。是不是在她的成长过程中，身边就没有女性榜样可以让她学习和模仿？林红老师问，谢天琴的洁癖是一直都很严重吗，还是随着婚姻生活推进她的洁癖在加重？"如果她不用洁癖来给自己的小家庭划定一个空间，是不是就和吴家的农村大家庭永远没有界限了？她是不是用这种方式，在为自己抗争呢？"还有爸爸吴志坚，他总是早出晚归，真的只是因为单位离家远吗？他是不是在有意无意躲避小家庭的生活呢？

家族命运和性格一点点在不同代际的人身上传承，是林老师使我看到了更大的图景。王珊采访了谢天琴读大学时的老师、同学，她当老师时的两届学生，也使得我们对她的理解也更立体。

徐凯文、林红两位老师提出的疑问成为我们后来推进采访时寻找材料的一些方向。记者需要严格地通过材料来形成判断，当材料不足以支撑时，我们即使模模糊糊感觉到了一些可能性，也不会当作确认的事实来表述，而是进一步去寻找材料。

对于吴谢宇的自我表述，两位专家倒没有觉得他刻意作假来欺骗世人，他很可能欺骗了自己，活在一个极度重视分数而忽视人之常情的扭曲世界观里。他就像一个被抽离了情感的机器。在惨案发生之前，大家只看到他表面的光鲜，但一个人之所以为人的标准，到底是不是考分，是不是只有考分？用考分支撑起来的风光，在更自由开阔的世界里不堪一击。这难道不是整个社会都需要反思的吗？

"可是一个人如果有能力，是可以超越小家庭对他的影响的啊。"跟我说这话的是厦门大学的郑振满教授。我查到人类学家郑振满的老家也在福建仙游，这里正是吴谢宇父母的老家。郑老师又是对福建的乡土社会研究很深的专家。我通过采访郑老师了解了仙游这个地方的家族传统、人情网络对一个人的规范是什么样的。在这种规范之下，我们能够更好地理解吴志坚在大家庭中的责任，他作为"新乡贤"的荣耀和不得已，我们也能更加清晰地看到，谢天琴三姐弟不爱与周围人来往的性格，在当地的评价体系里显得多么特立独行。而谢天琴养育的下一代，有能力超越家族命运吗？吴谢宇15岁考到福州一中住宿，18岁考到北京，这是一个青年逐步独立、呈现出自身人格特质的关键时期。本来，一个正常的青年应该迅速受到新环境的影响，和身边同龄人打成一片，在种种融合和碰撞中，成为自己。但是吴谢宇选择了封闭自己，第一名让他在心理上迥异于众人，却也为他走向极端埋下伏笔。

在做这个稿子的过程中，我还请教了另外一名福建莆田籍社会学家——中山大学的吴重庆教授。吴老师讲述了他所了解的"反右"、"文革"年代，以及莆田农村民众对回家的知识分子的态度，他也很关注出生在城市里的年轻人的处境，年轻人的社会交往如果不打开，就封闭在只能面对爸爸妈妈的小家庭里，他们也很可能完全失去老家的亲属关系。所以，他呼吁他的学生们重回老家，重新发现老家的意义，重新看待"穷亲戚"的价值，人与人之间需要重建联结。

如果吴谢宇真正向他在老家的表哥表弟敞开心扉，如果他和舅舅之间能够谈谈"男人间的问题"，是不是一个人就不会那么极端了呢？

四

回溯《三联生活周刊》报道吴谢宇案的过程，我们的关注跨越了好几年。

2016年案件暴露出来不久，记者陈晓就希望通过采访吴谢宇在北京大学的同学，来切入这个事件。她当时的采访不太顺利，吴谢宇的同学那时正处在大四，毕业前夕的年轻人马上要各奔前程。在这个过程中，陈晓也感受到了"90后"精英们彼此的疏离。她后来采访到吴谢宇同一届的一位男生，他跟吴谢宇打交道并不多，但是他对北大有着自己独特的"社会观察"。这也为我们了解这个小社会打开了视野。记者杨璐在为"小镇做题家"封面做采访时，无意中采访了吴谢宇的一位同学。这位同学详细讲述了吴谢宇这样即使是城市里长大，但由于思路都局限在做题的人，到了大学后如何失落，如何发现自己是"小镇做题家"的。

当王珊2022年再度联系吴谢宇的同学时，他们大学毕业已经六年了，成了各个行业里的精英。或许是生活打磨了他们，或许是当年他们心理上没有做好准备去面对身边人的这样一个惨案，几年之后，他们反而愿意去直视这件事情。王珊采访到了吴谢宇大学同寝室的同学和他的一位师兄，两人都毫无保留地讲述了他们和吴谢宇相处的细节，他们的认知、疑惑和感触。

记者王海燕曾在吴谢宇2019年被追捕归案之后，对吴谢宇的亲戚、同学、朋友、吴谢宇在重庆逃亡时的同行人等做了深入采访。正是基于以上同事们的种种努力，使得我在2023年年初进入这个案件采访时，已经有了一些认知基础。后来，我和王珊获得的关于案件的大量丰富的司法材料，也为我们的报道提供了严谨的事实。

谢天琴在仙游的老家，位于格局比较传统的街坊四邻当中。与主干道垂直的若干个街巷，曲曲弯弯，一眼看不到头，邻居们挂出来的衣服，晾晒的瓜果，开敞的大门，使得这里烟火气十足。谢天琴一辈子在逃避的，就是这种气息。她是在抵抗环境中成长的，她内心的艰难和压抑，可想而知。吴谢宇本来作为90年代出生的人，并不用天生背负外公的苦难和奶奶的穷困，但是家族命运的传递，以我们看不见的方式，影响着我们。而他作为一个有主动性的个体，没有选择往善的方面改变些什么，而是用最极端的恶来剥夺妈妈的性命，毁灭命运。每每想起仙游那些传统的街巷、朴实的人家，我都忍不住非常感慨。

在我写这篇长文的过程中，主编李鸿谷也给了非常重要的意见和提醒。他作为一名老记者，深知要公正合理地叙述一桩人伦惨案，并不容易。他提醒我不要试图去找到一个答案，可能并不存在我们想象中的"答案"，它并不是一个放在长凳上的物品，等着我们去拿。逼近真相的过程，本身或许就是最真实的但并不明了的"答案"。他让我不要太过试图解释一个人内心的恶从何而来，这是多少哲学家、文学家也解释不清楚的命题。他说，每一代人面对命运都有他们承受和抵抗的方式，看到这些、呈现这些，是我们的责任。我写好前五章的时候，把稿子传给他看了，他说"你这是一个人拉着一列火车跑，这样的叙述很朴实，但是会很累"。我又攒了一些力气，给自己做心理建设，才拉着这列火车继续跑了下来。

五

在整个采访过程中，我们对谢天琴家人的采访始终没有成功。我和王珊通过马老师做了沟通，获悉了谢天琴弟弟妹妹对一些事情的态度，但他们坚持不与记者见面。我和王珊在谢家仙游老巷子里多方打听，游走了很久，终于找到了吴谢宇的前姨父刘裕宗。他是谢天琴从小一起长大的邻居，成年后与谢天琴妹妹结婚，他和老岳父（谢天琴父亲）的感情也很深。我们采访时，他已经和谢家断了往来，但他在情感的起伏犹豫中，仍然两次接受我们的长谈。虽然面对面时他给我们留下了联系方式，但是我们都知道，离开他家的这扇门，他不会愿意再重新谈起这些伤心事。我们回北京后曾就一些新获取的信息去联系他时，他不再回应。但是我们仍然感谢所有的采访对象，他们揭开这些伤口，才有可能让更多人看到悲剧的警示性意义。

刘裕宗的讲述与其他人的访谈互为印证，为我们理解谢家多了一些视角。但这仍然是我们在写作时的遗憾，如果有离谢家更近的采访对象，也许我们可以提供更为全面的报道。

吴谢宇在大三下学期曾搬离宿舍，谎称与来北京工作的爸爸一起居住。关于这段他离开学校混迹于北京的日子，我们没有找到任何采访对象。另外，关于吴谢宇逃亡中的生活，虽然王海燕曾经采访到他在重庆夜店一起工作过的人，但是我们获取的材料还不足够丰富。

新闻报道永远受时间的约束，我们永远在缺憾中抱着一堆采访得来的残片，努力拼出生活原本的形状。写作过程中，我多次沉浸在这个惨案的材料中，不由自主地掉眼泪。但是，记者要做的是凝视黑暗，而不被黑暗带走。

我知道我们记录的不是一桩仅供猎奇的惨案，我们多多少少从中看到了身边人的影子，看到了时代的痕迹，看到了我们培养孩子的急切，看到了在经济高速发展中被遗落的情感缺憾。

一开始，我们以为我们在观看"他们"，然而没想到，凑近了，这里边看到的却是"我们"。没有人是这个社会的"陌生人"。

活成孤岛的"我们"

王 珊

2022年夏天,我开始进入吴谢宇弑母案这个选题。那是我第一次去福州,正逢那几天下大雨,凉意习习,一点都不像南方酷暑中的夏天。雨冲刷着道路,人行道上活动的地砖一踩溅起一朵朵水花,我看着溅起的水花,努力在心里给自己营造出一些轻快的感觉。

沉重的情绪被我紧紧按在了心底,努力不让它起波澜。沉重主要是对采访能否顺利进行的担忧。吴谢宇弑母案发生在2015年,2016年他开始逃亡,2019年被捕,2021年一审被判处死刑。可以说,在每个节点上,都有记者前往事发地进行报道。吴谢宇的家人、同学,父母的朋友、同事,已经被找了一轮又一轮。大家都想知道,究竟是哪些因素导致了这样一个极端惨烈的结局。但一直到2021年吴谢宇一审被判处死刑,外界对这个案件的了解依然很少。

那我去又能够触碰到多少呢？不知道。来之前，我把所有可能的采访对象都列了出来，挨个儿找了一遍，只有一个人没有坚决拒绝我，他是吴谢宇父亲的好朋友张力文。我打着伞奔向的目的地就是他定的地方。那是一个只有一层的小茶馆，雨点密集打着屋顶，旁边还有喝茶聊天的人，声音很大，我们两个小心翼翼，像是完成一次秘密任务的接头。在提到吴谢宇、谢天琴的名字的时候，我们的声音都不由自主地放低。我担心自己任何一句话都会让对方觉得冒犯，然后突然就终止了我们的谈话。

后来，我才知道对方对这次见面也是极为犹豫的。见面之前，张力文在单位的楼下转了好几圈，犹豫着要不要过来，促使他下定决心的是他内心难以解答的疑问。在吴谢宇案案发之后，他一直在回想与这个家庭交往的点滴，重新审视这个普通的家庭。他与吴谢宇的父亲吴志坚在1991年就认识了，对方比他早毕业一年，是他到工作单位认识的第一个莆田老乡。吴志坚带他认识新的朋友，帮他安排宿舍；他见证了吴志坚与谢天琴谈恋爱、结婚生子，从南平到福州定居。

他自认为自己绝对了解这个家庭。在他的心里，只有十年前吴志坚去世这件事让这个家庭蒙上了一层悲伤的色彩。其他的无论从哪里打量，这都是一个再普通不过的家庭。男主人善于交际，女主人是莆田女人传统少言的形象，两个人都在体制内，养育了一个聪明懂事、不用父母费心、学习成绩又好的孩子，让外界羡慕。如果一定要说这个家庭有什么不一样的地方，那就是女主人有些洁癖，比如说吃饭时米粒掉到地上一定要捡起来，家里的凳子给哪个人坐要固定。但他觉得这些都是个人习惯而已。

所有的细节都不能够解决他内心的疑问，更不足以解释吴谢宇弑母的行为。在福州的最初几天里，我们两人的交谈与其说是记者与采访对象的交流，不如说是两个同样充满困惑的人在努力地拼凑信息试图解答一道数学题目的过程。采访显得异常破碎，好像一张碎裂的拼图掉在地上，又摔成更多的碎片。如果把一次稿件的操作看成一辆驶向终点的列车，每一辆列车从开始到终点的距离有长有短，但这一次，总觉得有些看不到尽头的样子。

在后续的采访里，我从福州到了吴谢宇父母的老家仙游，这里距离福州150公里，没有通高铁，开车需要两个小时。在2008年买车前，吴志坚一家总是在春节时与张力文一起回家，然后再结伴回来。2022年7月的一天，我跟着张力文的车从福州出发，从车窗往外看，路边的景色迅速地从平原变换成一个个绿色的山头。张力文说他以前在仙游度尾镇读书，他家在深山里，从家到学校要翻过四五座大山，走一个下午才能到。他说吴志坚他们都是通过教育改变命运的一代人。在车上听着他讲过去的经历，下车的那一刻，好像一下子穿越到他们年轻的过去。

只不过仙游已经不是他讲述中贫苦的样子。眼前的仙游县城跟任何一个普通的小县城都没什么差别，有许多五六层的建筑，也有二十多层的高楼。如果一定要讲印象最深的地方，是那条将县城划为南北两块的河流——木兰溪。河面大概有七八米宽，夏季是涨水的季节，水面开阔，河水上方是抹不开的水汽，加上两岸年代久远的大树，有一种说不上来的秀气。我住的酒店正对着水面，记得当时我还拍了一张照片，颇有江南水乡的感觉。但2023年春节之后，我跟吴琪老师再一起过去时，很惊诧于河水的变化，水已经枯竭，河床裸露，给人一种生机耗尽的感觉。

这跟吴谢宇的父亲吴志坚整个家族给我的感觉类似。吴志坚13岁就失去了父亲，为了拉扯孩子，母亲改嫁，之后又生了一个妹妹。全家人集中资源将家里唯一的男孩供出农村。这之后，他开始反哺这个家庭，回馈母亲以及为他付出的姐姐。除此之外，他还有一个因精神问题长期住在精神病院的妹妹以及智力有些障碍的小妹妹，都需要他的支撑。吴志坚在1999年给小妹妹招了上门女婿，一家人大部分的支出都是他支付的。整个大家庭的相处显得温暖密切，但又有回避不了的重负。吴志坚在中学时代发现患有肝炎，后来发展成肝硬化，之后又发展成肝癌，与他肩上承担的责任和担子可能不无关系。

张力文说自己是在吴志坚去世以后到他老家参加葬

礼,才知道他家竟然那么穷——房子还是七八十年代建的老房子,中间是天井,四角有四间房,地面上连水泥都没有。"我们这里人只要赚了钱一定会在老家盖房子。"张力文说,这在村子里是一种脸面的象征,"吴志坚好像从来没有提过家里有什么难处,也没找人帮过忙"。相较于吴志坚总是"乐观"的一面,谢天琴表现得有些不近人情,她不爱与外界联系。张力文能理解两个人对外界表现出来的要强与抗拒,他说那是一种自卑与自傲相结合的拧巴,是他们这一批20世纪六七十年代从农村走出的青年所共有的特点。

从这个时候我开始在想,现代社会里一个看起来普普通通的家庭,熟悉这个家庭的人似乎觉得自己了解和熟悉它运作的机理,但这个家庭内部的复杂程度已经跟人们过去的认知经验很不一样。就像吴志坚和张力文,他们生活在乡村社会的秩序里,生活的圈子是一个由责任、亲情、习俗、人情共同编织的紧密的关系网,处在关系网中的人对彼此很熟悉。但经过了几十年高速发展后,乡村变为城市,有的乡村就算没有变为城市,但在生活方式上也如城市一样将家里的大门紧闭,很少与邻居交流。大家庭衍生的新家庭不再是过去那样简单地开枝散叶,而是被动或者主动地完成了与过去生活的剥离,变得更加封闭和原子化。

这从吴谢宇跟同学的交往中就能看出来。在和吴谢宇的室友交流时，他提到寝室里四个人从来没有一起外出聚过餐，在一起也从来不聊家里的事情，彼此不知道父母的职业，他们也不知道吴谢宇的父亲早在高中时就去世了，所以对他大三搬出寝室租房子时提到的理由"父亲来北京出差"一点也没有产生怀疑。现在回头看，吴谢宇在大三下学期弑母前的一些状况，比如开始逃课，总是去食堂的他开始频繁点外卖，还最早在寝室里拉了床帘，都是有些异常的。但在大家各自为前途奔波的忙碌中，他们很难有更多的精力去关注这些事情。

这与他的父辈吴志坚和张力文所经历的大学生活是完全不同的。对张力文等人而言，大学室友一定是他们同学里最熟悉的，大家一起上课、吃饭、买东西、参加活动，知道彼此的来处和工作后的动向。来自全国各地的他们在学校里相识，形成密切关联的网络，一直到他们进入社会、结婚生子……

我很感谢吴谢宇的室友和同学在事情发生六年后能够接受采访，能够面对提问给出他们真诚的回答，倾尽回忆讲述他们对吴谢宇的了解。这也是为了解决他们内心的疑问，身边一个看起来那么熟悉的人，为何竟做出如此极端的事情？这个问题换一个问法即是，我们对身边的人能有多少了解？

在整个采访过程中，我们试图从各个层面去探寻吴谢宇弑母从因到果的过程，虽然困难，但所获得的材料也在我们的分析理解中，慢慢地萌发出事实的枝蔓，并形成逻辑关联。从某种意义上说，吴谢宇的家庭呈现出极端的一面，但这种极端也与社会发展的某些方面存在同频之处。惨剧让我们警醒的东西很多，比如父母应当如何处理跟子女的关系、距离，如何对待子女的教育，一个年轻人应当以什么样的心态来应对这个充满竞争的社会，大学应该具有什么样的教育功能。

采访了很多苦难的人和事后，我有时会产生一种宿命感，觉得苦难有时会集聚在一起，就像吴谢宇的前女友，一开始我们想象她是一个会察言观色、能游刃有余于人情世故的女子。找到她后，却发现她是一个苦命的女孩子，在农村的家里不受重视，初中未毕业就出去打工。吴谢宇的出现对于她甚至像生命至暗时刻的一道光，学历不高的她有一瞬间觉得他能将她从泥潭拉出，可是希望很快破灭了。而她的人生因为吴谢宇曾经的出现，又蒙上了一层新的阴影。这几年，她小心翼翼地守着关于吴谢宇的秘密，生怕哪一天被人戳破，胆战心惊，活成了一座孤岛。她在讲述时哭得稀里哗啦，对她而言，接受采访是她多年来唯一的倾诉途径。

人生实苦。

附录

时间线

20世纪20年代	谢天琴的父亲谢又麟出生。后于中华人民共和国成立前考入台湾师范学院。
1947年	谢又麟和一位老乡被发展成地下党员,在学校组织历史研究会。后任教于山西一所大学。
20世纪50年代	"反右运动"中,谢又麟遭到批斗,戳瞎眼睛,以证清白。回仙游后,在姐姐帮助下娶了山上的盲女。
1967年	谢天琴出生。吴志坚出生。
20世纪80年代	谢又麟的"右派"身份得到改正,退休金每月300多元,90年代末涨到3000多元。
1986年	谢天琴考入苏州铁道师范学院。吴志坚考入福州大学。
1990年	谢天琴分配到福建南平铁路中学,认识了与她同龄的吴志坚。
1992年	谢天琴和吴志坚结婚。

1994 年	吴谢宇出生。
1995 年	因南平铁路中学关闭,谢天琴与同事一起分流到福州铁路中学,分到一套房子。
1998 年	吴志坚拿到单位分配的一套 78 平方米的住房。
2000 年	一家人搬进福州铁路中学的家属楼。
2008 年	吴志坚因为肝病,接受了一次介入手术,从公司基建部调到安防部。
2009 年 6 月	吴谢宇以高分考上福州一中;下半年,吴志坚又做了一次大手术。
2010 年 1 月	吴志坚去世。
2012 年	吴谢宇考上北大。
2014 年 9 月	大三刚开学不久,吴谢宇参加了 GRE 考试,分数为 335。
2015 年春	大三下学期,吴谢宇的生活习惯有了明显变化。他像一个缺氧的人,完全失去了能量。
2015 年 3 月	开始策划弑母。6 月、7 月以假名"王伟义"在网上购买了几种刀具、防水布、干燥剂、真空压缩袋、空气清新剂等。
2015 年 7 月 3 日	马老师在操场上最后一次见到谢天琴。
2015 年 7 月 10 日	谢天琴被吴谢宇杀害。
2015 年 7 月 10 日到 31 日	吴谢宇白天清理作案现场,晚上住在黄金大酒店。
2015 年 7 月 18 日	吴谢宇打电话给吴志坚的朋友张力文,向他借钱。
2015 年 8 月 1 日	吴谢宇离开福州去上海。8 月 17 日,租下徐汇区斜土路一处房子,开始与前女友刘梦同居。

2015 年 11 月	吴谢宇陆续找小姨、舅舅、张力文等几个吴志坚的朋友借钱,分别借到 20 万元、56 万元、61 万元。
2015 年年底	吴谢宇在上海花了 58 万元买彩票,之后到福州又花了 3 万元买彩票。
2016 年 1 月	吴谢宇在网络上买了 14 张身份证。
2016 年除夕前	吴谢宇给舅舅和张力文等人发去信息,说他和妈妈要从美国回去了,让亲友去仙游接站。但母子二人没有出现,亲人报警,进入案发现场,案件暴露。
2016 年 2 月	河南一台 ATM 机的监控抓拍到吴谢宇取款的身影。
2016 年 3 月 3 日	警方侦查认为吴谢宇有重大作案嫌疑,发出悬赏通告。
2016 年春节到 2019 年 4 月	吴谢宇负案逃亡,曾逃亡至山西、陕西、四川、云南、广西、广东、湖南等地。
2019 年 4 月 20 日	吴谢宇在重庆江北国际机场被公安人员抓获。
2020 年 12 月 24 日	吴谢宇涉嫌故意杀人、诈骗、买卖身份证件案第一次开庭。
2021 年 4 月	一审判决前,吴谢宇给合议庭写了长达一百多页的自述材料。
2021 年 8 月 26 日	吴谢宇一审被判处死刑。之后,他选择上诉。
2023 年 5 月 30 日	吴谢宇案二审公开宣判,裁定驳回上诉,维持原判。
2024 年 1 月 31 日	福州市中级人民法院遵照最高人民法院下达的执行死刑命令,对吴谢宇执行了死刑。

困在二手时间里的"宇神"

刘云杉(北京大学教育学院教授)

一、人性之恶,还是人性之弱?

站在外面粗粗一瞥,很容易判断:这是一个"巨婴"弑母的案例。破茧而出,生与死,一个扭曲了的成长与束缚的故事:交织着爱与恨、怨与畏、依恋与独立……

我还是试图走近他,认识他,且理解他:他身上表现出来的究竟是人性之恶还是人性之弱?在他给合议庭的自白书中,不断解释自己的动机,一个简单的执念——"带妈妈回家",让妈妈和爸爸团聚。

这个胆怯的、不断逃避现实的年轻人,在这一"决定性"的事件呈现出了从未有过的"担当",既有他头脑中一向自负的严密推导、谨慎论证,又激活了他生命中少有的道德能量,他以为这次是自己"为她付出一切","以前都是妈妈带我回家,这次让我带妈妈回家"。在他的幻觉中,死是一张只有单程车票的浪漫之旅。

美与丑、善与恶在这个混淆了真实与虚假的年轻人头脑里完全颠倒了,他严肃地论证着必有一死的逻辑,缜密地计划,认真地操作,俨然是他看过的那些小说与游戏的摹本。他用自己的家破人亡去证实头脑中推导模型的正确,可在按剧本出手后,剧情完全变了样,妈妈的惊呼与妈妈的血惊醒了他,"妈妈的死如当头棒喝般震醒了我:所有那些小说、那些电影、那些人告诉我的全都大错特错啊",他才从"鬼压床"般的"大噩梦"中醒来。

他是在撒一个弥天大谎吗?对他而言,这个谎言的功用不在于欺世盗名,而在于安身立命,确切地说,安心保命。在我看来,更有意义的提问应该是:这个弥天大谎如何把他捉住,让他深信不疑?他编了一个谎言,首先把自己骗了。没有了真实与虚假之分,他的严肃变成了滑稽,真诚的表述变成矫情的表演。他的自白都带有浓郁的陀思妥耶夫斯基风格。他入戏甚深,在戏中癫狂。

这个癫狂的年轻人惊醒在母亲的血泊中,所有的魔力与神法都离他而去,他不是活在自己世界中的神。他怯弱,不敢如计划去死;他不求速死,而是将"终有一死"不断地推迟。

他这一生,如同雨后墙角边的一只蜗牛,小心地探出头角,碰到外界的惊吓,又缩了回去。但他毕竟不是蜷缩在壳里的蜗牛，日渐成长的力量要冲破束缚住自己的蜗牛壳，用这样一种极端的方式砸碎这生养之壳、庇护之所。之后，他开始探出头角，颤抖着，张皇地，挪到人间的地上。

二、"蜗牛壳"里的"自恋人格"

这只蜗牛壳是什么样子？它既脆弱又坚硬，里面的时空不仅是幽闭的，还是错乱的。

他的寄居之所好似一个玻璃缸，把他和外界完全隔开。在玻璃缸里，他看到的是一个光鲜的、表面的世界，却没有自然的风与雨、冷与热。我更愿意把这个玻璃缸看成一个棱柱状的封闭空间，在天光下，不同的棱切面所反射、折射与吸纳的光是不一样的，不同切面的"滤镜"也不同，有的切面堂皇，有的侧面阴暗，各种色彩，在封闭的、强光的刺激下，放大、交错、闪动。

这个封闭的、强光照射且交错闪烁的空间与外界联结的唯一通道是妈妈。妈妈是他触摸现实的触角，是他的保姆，也是他的神灵；他是宠儿，依赖母亲，被母亲所左右也左右着母亲。他和妈妈的脐带一直没有剪开。

细看吴谢宇母子关系，我总想到潘光旦对冯小青"影恋"的考察，希腊神话中的一个美少年（Narcissus），与自身之影互相爱慕，时时喜与影语，"瘦影自临春水照，卿须怜我我怜卿"[1]，每日在池边自顾其形，依依不舍，望穿"秋水"。对着水中影像的自思、自解、自商量——具实的"顾影自怜"。精神分析派称其为narcissism，潘先生译为影恋，一种典型的自恋人格，他爱水中自己的影子，分不清虚实，最后溺水而亡。将影恋略作扩展，他者不过是自己的镜子，他迷恋镜中的自己。

潘先生列举精神分析派之性发育观有以下阶段：起初，是子母认同，襁褓初期，婴儿所见所闻所接触者，不外母亲，襁褓间母子精神融洽，婴儿的自我与母亲之影像，二者结合不可解；第二个阶段，母体之客观化与母恋，婴儿断乳，与母亲之关系略疏远，然而母亲为人生恋爱之第一对象；第三个阶段，自我之自觉与自我恋，多自6岁或8岁始，是欲力蛰伏之期，惊蛰后欲力之第一对象，即其人自我；其后性心理的成熟要经历自我恋之扩大与同性恋；最后是性生理之成熟与异性恋。

在这规律之外，有不合常态的畸形，有两种情况。其一，中滞：精神脆弱而又遇不驯良之环境，如父母之溺爱，过早或不正当之性经验，则发育可以随时中止，卒使性生理虽若成人，但性心理犹若孩提，甚或若婴儿者。其二，回流：发育或已完全，但因特殊之性经验，其人或不胜打

---

[1] 潘光旦：《小青之分析》，载《潘光旦文集》第一卷，北京大学出版社，1993年，第23页。

击,其欲力乃循发育之原径而倒行逆施,犹之水行,进有所阻遏,则反其流,故曰回流(regression),回流之距离,则半视前途阻力之大小,半视发育经验中有无中滞之痕迹而定。[1]

离开母子认同期,即入母恋时期,随后又入自我恋时期。吴谢宇究竟是在前三个阶段的哪一段,还是几个阶段的叠加、错置;究竟什么原因,是其发育的"中滞",还是父亲去世后"孤儿寡母"的心境让其"回流",这需要专业的心理学家的细究。母亲在他的心里,是最好的妈妈,也是他温情的记忆中的"小吃货",还是他幻觉中可怜的"卖火柴的小姑娘"。在家里,他是反过来看的,认为"我是妈妈,她是我的孩子"。

光宗耀祖,常是传统中国人读书求功名的动力;成为父母的骄傲,也是当代很多孩子成长的动力。这一看似寻常却离奇的母子关系中,母亲为什么没能把他引入外部真实的世界呢?这个小家庭以及大家庭真实的际遇是什么呢?

吴谢宇的妈妈谢天琴,是一个朴素、本分、勤勉的中学教师。她还有三个关键特征:其一,社恐,有一个传神的细节——她家的门只开一条缝,她站在屋里匆匆打发门外的人。其二,洁癖,洁癖让她不面对生活和生命中的瑕

---

[1] 潘光旦:《小青之分析》,载《潘光旦文集》第一卷,第19页。

疵。吴父的病，成为全家的禁忌；婆婆送的鸭子，扔掉；医院用过的新物品，也扔掉。其三，喜欢写信，在恋爱和婚姻中及丈夫死后，她写了大量的情书，缠绵且矫情，在信中，她如同琼瑶剧中的"大女主"。

因为社恐，她的小家庭基本没有社会生活，热情好交际的父亲在这个家庭先是缺位，后是缺席。吴父去世后，谢天琴接过了吴父的责任，继续赡养吴家的老人。她自尊、无怨言地尽义务，但不共情，不与吴家分享她的情感和物品。

吴家母子从社会生活撤回，将大家庭繁复、绵实、黏稠的关系简单化、即事化，或者说非情感化。她大方，但冷淡；不通情，却达理，这理是事理，而非情理。他们从公共关系中抽回，变成个人关系。关上门后的小家庭，它应该是情感与关系最后的庇护所，这个家庭的日常氛围应该是缺乏自然的情感沟通，因为缺乏真实的交流，才需要借助心理的叙述，"表现"或者"表演"：年轻时，丈夫是观众；后来，想象中的丈夫成了她的观众。个人关系虚化为心理关系。

吴谢宇同样如此，不过他更为极端，主观与客观混淆，虚实不分。他好猜忌，用一知半解的心理学理论分析，他们母子之间没有自然真实的情感交流，日常的交流出现了分裂的形态：一方面每天按时通话，事无巨细地交代各种事项；另一方面真实的内心感受却无法交流，母子都通过书写，在自我扮演的剧情中演绎给自己看。这对高度相似且极度自恋的母子，彼此相爱，爱的却是想象中对方眼中的自己。

吴谢宇小学一年级就读"哈利·波特"系列小说，认为这是对他影响最大的书，他坚信书中告诉他的道理："爱是这个世界上最伟大的魔法。"

三、"宇神"的"极化思维"

在吴谢宇的自述中，他的人生就是"从一个年级到一个更高的年级，从一个学校到一个更高的学校，从一本课本到下一本课本，从一场考试到下一场考试。除了读书、做题、考试，我看不到我的人生有任何其他的道路、其他的可能"。

他的生活轨迹很像里尔克写的《豹——在巴黎植物园》：

> 它的目光被那走不完的铁栏
> 缠得这般疲倦，什么都不能收留。
> 它好像只有千条的铁栏杆，
> 千条的铁栏后便没有宇宙。[1]

---

[1] （奥）里尔克：《里尔克诗选》，绿原等译，时代文艺出版社，2020年，第88页。

吴谢宇在千条铁栏构成的赛道中不断通关打卡，成功封神，他是同学膜拜的大佬"宇神"。这个自恋的孩子来到学校，却并没有走出封闭的棱柱状玻璃缸，学校将某些棱切面的光线过滤得更强，更刺眼，外部世界成为他自恋角色扮演的舞台，社会目光成为他的观众，他很会扮演"乖孩子"，在"乖孩子"的面具下，他的头脑、情感乃至情志在快速地发展，却是分裂的，他自称是一台高效的考试机器。他的情感发育仍然沉浸在梦游中，"完美的主人公、完美的亲情友情爱情、完美的人生、完美的世界"，情感上他要的是浓度与烈度，活在一种"似真的"——一个删除了经验、没有了具体性与复杂性的抽象世界，一个去掉了杂质、没有瑕疵的虚构的世界，他迷恋纯粹的力量，一种从抽象的观念世界里滋长出来的畸形力量。他也很难与同学发生自然真实的交流，所有的交谈都很表面，没有真正的交心，真正去观察、关注、关心身边一个个具体的人。

几重刺激交错中，他既极度自大，也极为自卑，对这个社会必要的规范与秩序，他傲慢且无知，他好像可以享有某种道德的特权。"学神"的光环同样刺瞎了教育之眼，教育者忽视了他成绩之下的成长之困，他同样乖巧地藏起来。他在自述中也提到，自己"其实一直有太多太多的问题与疑惑不明白、想不通，但，我从不去问大人们"。

于是，他憋在心里，强大又空洞的观念、浓烈又虚幻的情绪、外在激烈的竞争，他发育出一个硕大的头脑，身体却是羸弱的，他的身体支撑不住他的头脑，因此不时地生病，身心一体，身体的病不过是心理疾病的外化。

青年成长的烦恼是不同时代的经典问题，冯至在为里尔克《给一个青年诗人的十封信》撰写的译序中写道：

> 人们爱把青年比作春，这比喻是正确的。可是彼此的相似点与其说是青年人的晴朗有如春阳的明丽，倒不如从另一方面看，青年人的愁苦、青年人的生长，更像那在阴云暗淡的风里、雨里、寒里演变着的春。因为后者比前者更漫长、沉重而更有意义。
>
> ……中央立着一棵桃树或杏树，杈桠的枝干上寂寞地开着几朵粉红色的花。我想，这棵树是经过了长期的风雨，如今还在忍受着春寒，四围是一个穷乏的世界。在枝干内却流动着生命的汁浆。这是一个真实的、没有夸耀的春天！青年人又何尝不是这样呢，生命无时不需要生长，而外边却不永远是日光和温暖的风。他们要担当许多的寒冷和无情、淡漠和误解……他们觉得内心和外界无法协调，处处受着限制，同时又不能像植物似的那样沉默。他们要向人告诉——他们寻找能够听取他们的话的人，他们寻找能从他们表现力不很充足的话里体会出他们的本

意而给以解答的过来人。[1]

我们的教育什么时候开始忽视了真实的、没有夸耀的人生之春?

进入大学,应该有机会真正走出封闭的玻璃缸,他首先要学会去掉头上的光环,从虚妄的想象中,降落到切实的地上,再重新确认自己。从高关注、高承认与高刺激的正反馈成瘾中走出,在朴素的日光中,眼睛能看到更细致丰富的景与物。

吴谢宇去找过能给他解答的过来人吗?

他或许在知识中寻找过解答,他的专业是一门经世济民的实践学科,本可以打开他的世界。因为经验匮乏,他逃避复杂性,热衷于数学模型与数学证明。

这个听话的乖孩子变脸为怀疑一切。

他或许可以向同学寻求解答,他们高度相似却疏远:他们是同一目标下趋同的竞争者,竞争使他们视彼此为对手而非友伴,他们可以热闹地聊天,却很少安静地交心,好像谁先开口谁就伤了自尊。在外,他们长于表达与表演,回到宿舍,既懒得演戏,也难得说话。他们的宿舍,安静且沉闷。他们互为镜像,在对边界的捍卫中,彼此既

---

[1] 冯至:为里尔克《给一个青年诗人的十封信》所撰"译者序",收入《冯至译文全集》第2卷,上海人民出版社,2020年,第225—226页。

无感，更陌生。

青年人成长之难，难在融会贯通，需要融通经验与经典，打通理智与情感。只有气血相通，健康的身体才能支撑昂扬的情志。吴谢宇自视为一个机器人，拼命维持极高的学习强度，身体却过度透支，疲惫不堪，他自信自己能以"超人意志"去逆反外在的规律，如此他自然撑不下去，他对自己的身体开始厌恶、担忧、焦虑和恐惧。这只鼓足气的皮球，慢慢松懈了。"宇神"不接受这个，他不惜引爆自己，他要以死来证明自己的爱。

四、"假如重启"

逃亡路上，吴谢宇读过一首诗：

> 瀑布的水逆流而上，
> 蒲公英种子从远处飘回，
> 聚成伞的模样，
> 太阳从西边升起，
> 落向东方。
> ……

假使子弹退回枪膛，假如人生可以重启，他可以不寄居在蜗牛壳里，也不被憋屈在玻璃缸里，外界用各种强光将他供奉着,他在想象的被膜拜与自我膜拜中,把自己的一生活成了各种观念的注脚,还是一个错乱的、荒谬的注脚。

他可以走在自己真正的时间里:儿时的家中有游戏,有轻松的笑声;少年的风雨中,有苦乐相通的承担;青年在艰苦的工作中,学会等待,目力更强了,能逐渐分辨美和丑、善和恶,还能分辨真实与虚假、严肃与滑稽、生存与游离。

当然,最切实且简易的是,他能有一项健康的爱好,譬如独自的长跑,或者合群的踢球。

一个孩子走向成人,塑造品格固然艰难,但并非不可实现,这些品性的形成无非需要这样一些先决条件:

> 一个充分健全的体格,一个相当高度的智力,一个比较稳称的情绪,一个比较坚强的意志,一个比较丰富的想象的能力……[1]

---

[1] 潘光旦:《论品格教育》,载《潘光旦文集》第五卷,北京大学出版社,1997年,第367页。

吴谢宇案与当代中国家庭的纠结

肖瑛(上海大学社会学系教授)

一

吴谢宇弑母案自2016年暴露以来,在坊间引发强烈且持久的反响,案件的每一点进展,如凶手2019年被抓捕归案、2021年一审被判死刑、2022年原定的二审因故推迟、2023年二审维持原判,都引发一波波的关注和跟踪。绝大部分舆论都不约而同地有一种猎奇的心态:吴谢宇为什么弑母?其弑母的直接动因是什么?他何以从"宇神"和母亲的"小棉袄"蜕变为残忍的弑母者?为找到这些问题的答案,媒体特别是自媒体各显神通,充分调动自己的知识储备,发挥自己的想象力,做出了层出不穷的解释,其中最流行的是想象空间无穷大的性本能机制,然后是心理学机制,譬如很多报道强调吴谢宇虽然为人很好,但很少跟人"交心",有的报道甚至将之归罪于"激情杀人",譬如一篇后来在网上再也找不到原文的报道的标题就暗示:吴谢宇同其母亲的某次口角是其弑母的直接动因。当然,也有从学校教育缺位和原生家庭畸形等角度展开分析的。

但所有上述分析都是猜测。因为从媒体和自媒体披露的信息看,这些分析无一例外地缺失一个促使吴谢宇从大一大二的优秀、阳光男孩转向大三的逃学、缺考并最终回家弑母的转折点,也缺乏一个吴谢宇将弑母冲动转化为将近半年的策划然后在2015年7月10日决定付诸行动的直接原因。按照常理,大三期间,吴谢宇身上一定发生过对他而言具有根本冲击性的事件,让他对大学生活以及未来人生失去信心,抑或让他将所有问题归罪于他的母亲,抑或如他自己所述的,因爱而弑母,帮助母亲脱离苦海。可惜,除部分司法人员有机会同吴谢宇直接接触外,记者、学者、吴谢宇的亲人都没有机会(或回避)直接与作为杀人犯的吴谢宇深入交流,而其自述和信件的"道德自净"痕迹太过明显,让人不仅难以采信其解释,反而觉得他是处心积虑地掩盖弑母的真正缘由。吴谢宇弑母的直接动因,估计要被他永久地带入坟墓了。

二

在吴谢宇案的所有报道中,《三联生活周刊》2023年第29期发表的《吴谢宇：人性的深渊》，无疑是最全面、系统和深入的。该报道共计九章，近十万字，此次单独成书，又增加了对吴谢宇逃亡期间结识的女友的采访。这篇报道的作者吴琪和王珊，围绕家庭、友人、学校、法庭这四个与吴谢宇及其核心家庭最为密切的社会关系网络，从2019年开始，先后联系了上百位同吴谢宇有关的人士，对其中愿意接受采访的人士做了一次甚至多次访谈，获得了大量一手资料，并借助吴谢宇的狱中自述、书信、法庭供词等，系统梳理了吴谢宇及其父母的生命轨迹，努力还原吴谢宇走向弑母深渊的过程。由于没能直接从吴谢宇那里获得关于其大三生活中发生的根本性地影响其人生态度甚而策划和实践弑母的具体原因，所以，两位记者在报道中没有以满足读者的好奇心为谋为吴谢宇案盖棺定论。但是，正因为记者的这种自觉，这篇报道的价值一方面根植于吴谢宇案，另一方面远远超出该案本身，具有极强的社会学味道和深刻的社会反思意义。

从吴谢宇案本身来看，这篇报道深度揭示了吴谢宇所处原生家庭的特殊性及其形成原因。作者不满足于仅通过案发时谢天琴、吴谢宇的核心家庭的结构和情感状况来呈现吴谢宇所处的社会情境，而是引入家谱视角，追溯吴谢宇的祖父辈甚至更前一辈的家庭构成，清晰地呈现了吴家和谢家更为悠长的家族史。报道一方面描摹了吴志坚和谢天琴两位性格完全不同、家庭条件相异的大学毕业生是如何走到一起结为连理的，细致描写了这对夫妻各自的性格和彼此关系，给读者绘制了一幅福州城中一个既普通不过又有其独特个性的三口之家图画；另一方面对吴志坚和谢天琴特别是后者的家庭史探幽析微，时代的政治动荡落在谢父头上，意义就不同了，不仅影响了谢父的个人命运和家庭状况，也可能塑造了谢天琴和她的妹妹、弟弟们的性格。谢父的"右派"身份和谢父谢母双盲的现实，决定了谢家在当时还是弹丸之地的仙游县城必然处于社会的底层和边缘，谢天琴从记事起就可能被同学、邻居的各种嘲笑和奚落所包围，虽然嘲笑者和奚落者并不一定带有恶意，甚至也不明白谢父身上标签的实际意涵，但他们的欺负肯定在排行老大的谢天琴的心中切割出一道道血痕。她要保护父母，要保护自己的弟弟妹妹，但她没有能力反抗和回击，她能做的，一是恨自己为何出生在这样的家庭，二是自我隔离和自我封闭。到了上学年龄，她保护自己的方式增加了一层，那就是取得好成绩，换来同学和老师的认可。

在这样憋屈的环境中，谢天琴不由自主地形塑出对外警惕、自我封闭、高度自立和要强的性格，同时可能还潜伏着缺爱的隐痛。到20世纪80年代初，谢父的"右派"身份得以改正，家庭经济条件好转，但谢天琴估计已经很难抹平童年的创伤，也无法彻底改变由此形塑的性格。大学毕业后，谢天琴偶然结识了吴志坚，并在其身上发现了爱情,也找到了依靠,然后全身心地投入,这特别表现在婚后她竭尽全力将自己的核心家庭建构成一个铁桶一样内外分别、森严、密不透风的小城堡(读到谢天琴时,我不由自主地想到李安电影《饮食男女》中的朱家珍,她们两个先是不相信爱,但渴望爱,一旦获得爱,就奋不顾身地去拥抱)。但是,吴志坚的父母家庭以及他的性格和工作,都决定了谢天琴没法守护好这个小城堡。谢天琴的孤僻性格让吴志坚在内外之间陷入进退两难的困境,也影响着吴谢宇的性格,甚至影响了母子俩的关系,为悲剧的发生埋下了伏笔。

三

虽然"原生家庭说"具有一定的社会意义,但是,当把吴谢宇的家族史和核心家庭以及教育放到显微镜下来打量时,我们更多看到的是这个家庭的特殊性和罕见性。但即使是这类家庭,也不必然发生弑母弑父悲剧。从这个角度看,聚焦于原生家庭,虽然可能给解释吴谢宇案提供一条常识化的线索,但相对于吴谢宇自己的真正心理动机,这个线索仍然是外部的和特殊的。而且,当我们每个人都由此而将自己身上的不幸归因到原生家庭时,其实可能催生出反家庭的偏见。

由此可见,对吴谢宇案的社会意义上的解读,或者说对吴琪和王珊两位记者对吴谢宇案的报道的社会意义上的解读，还需要有进一步的跳脱。跳脱的机会，存在于《吴谢宇：人性的深渊》的读者对吴谢宇或谢天琴不由自主滋生的某种"代入感"上，他们在这对母子身上，多多少少发现了自己的影子。从这个角度看，《吴谢宇：人性的深渊》，恰恰在两位记者高度细致和特殊的描述背后，有意无意地触碰到了当代中国人在家庭生活中遭遇的普遍困境。谢天琴那种将全部生命价值赋予小家庭，但丈夫的进进出出和早逝、儿子为求学而早早离开家庭，让她不得不在"空巢"中无穷无尽地咀嚼的依赖家人却无助的感觉，吴谢宇被爆棚的母爱包裹到"窒息"的感觉或者被舆论讥讽为"妈宝男"的耻辱感，吴志坚和谢天琴自己的生活并不宽裕却必须将很多资源反哺大家庭的无奈感和牺牲感，等等，都可以在现实的饮食男女身上找到或多或少、或浓或淡的痕迹。因之可以说，吴谢宇案是非典型的，因为弑母毕竟是极为罕见的人间惨剧，但吴谢宇和谢天琴甚至吴志坚的性格和困境是普遍的，故而吴谢宇案又是典型的。

这些普遍的"代入感"，不只是源于具体的原生家庭，更可能源于时代变迁对家庭的深刻再造。我们这些在改革开放之前就能记事、在大家庭中出生和长大、在城市中组建自己的核心家庭并为人父为人母的中年人，对家庭结构和家庭生活的前后变化肯定有着诸多的共同记忆。这些变化，与其说是个人奋斗使然，毋宁说是时代锻造的结果。

我称传统农业社会下一些大家庭为"苦难的共同体"。共同体是玫瑰色的，表达的是情感、伦理、生活上的相互理解和支持，相互无功利的关爱和抚慰，唯有守望相助、惺惺相惜的幸福，而无你争我斗的苦难和欲罢不能的纠结。共同体的理想形态是"家"。但是，现实中的大家庭对生活其中的人来说，并不只是玫瑰色的，而往往与苦难相伴。一方面，每个家庭都有不言而喻的中心，如包括父亲和长子在内的男性，有理所当然的目标，如存续和传承。围绕家庭的中心和目标，每个人都自觉不自觉地放弃自己的个体性和欲望，作为家庭之"一员"而无声地任劳任怨。这样的家庭，其"共同体"面向遮蔽了其"苦难"面向。这类家庭，不能说是消灭了"苦难"，只能说家庭成员的"忍"让"苦难"潜伏了。另一方面，很少有家庭的所有成员能始终如一地自我克制、自我奉献，总有成员会"忍不住"暴露一些私欲和个性，总有成员质疑家庭内部的分工和分配的"不平等"。于是，在外人看来只是一些鸡毛蒜皮的小事，却可能让一个家庭鸡犬不宁。此时，"苦难"替代"共同体"成为理解和反观家庭生活的主要角度。其实，在大家庭中，苦难和共同体是相互依存、互为条件的，是大家庭构成和维系不可或缺的一体两面：没有个人依赖共同体而活的内在需求，苦难对他们而言就无法忍受；没有对压抑个性和欲望的苦难的忍受，共同体就难以维续。

如何既降低"苦难"又维续"共同体"？前人的智慧是"分家"和"反馈模式"的相互支持。当然，要同时保全这二者，前提是农业社会。在农业社会下，经济资源有限，人口流动性较低，故而"分而不离"是"分家"的普遍特征："分家"后父母的家庭与子女的家庭、兄弟之间的家庭，仍然比邻而居，低头不见抬头见。按照费孝通先生的说法，"社会继替"目标的实现，在西方主要依靠"接力模式"，每一代长大之后自然地离家出走、成家立业，故而每个家庭都只是接力棒中的一个临时性节点，但在中国，除了"接力模式"，还有更为重要的"反馈模式"。如果说"接力模式"要求每一代人在年幼时履行子女职责、成年后履行父母职责，其继替线索总体上看是单向的、线性的，那么"反馈模式"则是以家为中心的，子女的价值在于"尊祖敬宗和家族绵续"，在亲代跟前履行好"子女"的职责[1]，其继替线索虽然总体上向前绵延，但每个节点都要往返。换言之，在中国，子女不仅要学会长大后"做父母"，同时要学会"做子女"，承担"为人子女"和"为人父母"的双重任务，并且"为人子女"角色是"为人父母"角色的题中应有之义。这双重角色的习得都依赖于现实家庭生活中周而复始的耳濡目染。但是，核心家庭只能为"接力模式"提供学习机会，却无法实现

---

[1] 周飞舟：《一本与一体：中国社会理论的基础》，载《社会》2021年第4期。

"反馈模式"的教育与体验,只有在三代同堂的大家庭中,在同时存在多个三代同堂大家庭的邻里环境中,才有机会接受如何以"做子女"来践行"做父母"职责的日用而不知的熏陶。

一句话,"长大之后我就成了你"在这样的家庭环境中对每个人来说都是不言而喻的,身处其中的人可能无法挖掘和解读各种家庭角色所蕴含的情感和伦理意涵,但什么时候该做什么事情、扮演什么角色、履行什么职责,却是水到渠成、不由分说的。这样,"身教"之下,虽然不一定每个人都能有效克制甚或消除自己的私欲,但一定很难生长出自杀或者弑母弑父的想法和举动。

在如此尚未充分开化的大家庭中,"社会继替"的"身教"一定是总体性的,其核心是引导人如何"为人子女"和"为人父母"。支持这两种家庭角色的基础只有"孝道",孝道构成大家庭和整个社会的总体性知识,当然也是其总体性伦理。除此之外,其他的困惑如青春期、性苦恼等,都尚未进入家庭和社会的文化词典,不可能成为"为人子女"和"为人父母"的内涵,当然也就不可能以这些有关养育的专业知识的掌握情况作为衡量和判断"为人父母"的好坏和是否合格的标准了。

改革开放为城市化和流动化注入了强劲动力,中国社会迅速从农村社会向城市社会、从农业文明向工业文明、从自然社会向知识社会转型。家庭,在这个过程中无可奈何地承接所有这些变迁带来的动力和压力。一方面，农村人通过各种途径在城里立业、安家；另一方面，虽然传统家庭的"苦难"因少子化核心家庭中家庭关系的简化而减弱，但核心家庭的新困境也因此而凸显。对于在农业社会大家庭氛围中成长、通过自己的努力在城市组建核心家庭和养育子女的中年人群如吴志坚、谢天琴来说，由此很难不滋生出各种前所未有的"纠结"（ambivalence）来。

首先，核心家庭的自我定位模糊化。如前所述，农业社会中家庭的存在价值和目的是自然而然、不言而喻的，所有家庭都会醉心于自己的维系和绵延，有望族味道的家庭在此之上会添加光宗耀祖、家庭地位提升的目标。但是，现代核心家庭的定位遭遇了普遍挑战：家族绵延和光宗耀祖肯定属于"封建"性质；养儿防老的说法很流行，但暴露了父母一辈的自私；是因为爱而生育和养育吗？似乎有些"言不由衷"；对子女的无条件投入是以人力资本投资来换得父母的自我价值实现感吗？在资本"残忍"的语境下，也被涂抹上制造"韭菜"的不正当感。总之，在各种意识形态的挑战下，"为人父母"本身就成了问题，其正当性基础摇摇欲坠了。这类质疑，直观地看是让父母在子女面前变得无所适从，更深层次地看，其后果也会落在质疑者即子女自己身上，对生命的珍惜，对社会化的接受，对社会继替责任的承担，现在都成了他们反思家庭和自我的对象，"社会继替"在很多家庭中变得难以"继替"。以吴谢宇为例，虽然他在给亲戚和友人的信中口口声声倾诉着自己对父母的爱，但其弑母和骗取亲戚及父亲友人的金钱的举动，就很难让人相信他有捍卫家庭正当性的意识。

其次，家庭面对专业知识涌入无所适从。过去四十多年来，无穷无尽的福柯意义上的"人的科学"（human sciences）进入家庭。传统的"育儿"和"教育"模式不再有效，合格的父母一定是掌握并能熟练运用各种相关专业知识的父母。在专业知识的指挥棒下，很多家庭因为在如何育儿的问题上存在分歧而制造出大量的代际矛盾：一方面，年轻的爸爸妈妈需要依赖上一辈来帮助自己养儿育女，另一方面又对上一辈的养育模式大加挞伐。问题在于，诚心实意地亦步亦趋追随各种专业知识的家长能否恰当地运用这些知识？答案至少不是完全肯定的，因为在这些知识的使用中，如何做到恰如其分、防止物极必反，就让一般人备感踌躇。譬如，对青春期的子女进行性教育，如何既破除生理方面的神秘感，又避免在子女脑海中播下淫秽的种子？爱的教育，如何既让子女体味父母自然的爱，又防止放纵和溺爱？等等。这些，对于在传统家庭中成长起来的父母而言，是很难掌握并身体力行的能力，虽然他们可能在某些专业领域掌握了精深的知识和技术。正因为如此，吴志坚没法向吴谢宇解释自己电脑中的"小资源"，没法以此为机会给吴谢宇适当的性教育，也没法解释他与另一个女性的关系,他唯一的应对办法就是像瓦依那乐队那首《大梦》所唱的,"我的父亲总沉默无语",或者干脆装作视而不见。

复次,家庭功能出现社会化和伪社会化的矛盾。相比于传统,今天的家庭一方面是功能的大幅度增加,另一方面是功能的分解和社会化,如养育、教育、福利、职业,都被不同的社会专业机构所接纳。总之,传统家庭的总体性特征被一步步削弱了。但是,家庭仍然是最基本的社会组织,难以摆脱其初级群体的位置,被专业机构所添加和承接的功能仍需要家庭的接应,譬如孩子最好的老师还是父母,学校教育的抽象性需要在家庭生活中具象化,否则对孩子而言永远是抽象的教条。更为严重的是,家庭功能的社会化还在流于形式,实质的社会化在很多方面尚付阙如。譬如养老,至少目前我们社会整体的职业伦理状况使很多家庭和老人对社会化养老望而却步。在教育上,大部分学校似乎并没有实践其所宣称的伦理和情感教育功能,为人的教育,包括尊重他人、将心比心的能力,在现实的学校教育中是无法想象和实践的,学校实际上只是将自己定位为传授最可操作和最容易传授的知识,即使伦理、情感和生理教育,唯当转化为试卷和分数后才能在学校教育中找到落脚点。一言以蔽之,学校教育主要是应试教育和专业教育,或者更为直接地说是"卷"的教育。不只如此,学校还将"卷"的紧张感植入家庭,"绑架"家长,逼迫家长不得不拼命地迎合之。吴谢宇的成长,在很大程度上就是这种教育的典型,"成绩好"是学校和家长对他共同的也是唯一的要求。这可以被理解为家庭教育功能的社会化未能取得成功的体现。

但是(最后),在当代既分且离的核心家庭中,父母即使有心,也无以全面承担起对社会人而言不可或缺但学校无意承担的为人教育了。相较于"分而不离"的大家庭为"反馈模式"和"接力模式"的"身教"提供了条件,当代核心家庭之间空间距离遥远,就如吴志坚和谢天琴各自的父母之家与他们在福州的小家之间的距离。在两代人的核心家庭特别是独子的核心家庭中,无论是哪一代人,扮演的角色都是单面的,父母只是"父母",无以同时为"子女",子女只是子女,无以同时为"父母"。而且,因为只有两代,核心家庭的重心必定是子女,子女是家庭的本位。即使吴志坚和谢天琴依然实践着他们从小耳濡目染的"反馈模式",赡养或者帮助着远在老家的父母和兄弟姐妹,吴志坚去世后,谢天琴又接过了亡夫的这副担子,但是,他们扮演的"子女"和"兄长""姐姐"的角色,对吴谢宇而言是抽象的,是不可见的。"吴谢宇们"除了相信自己是家庭的核心,整个家庭都围着自己转是自然而然、天经地义的,再也不能有关于自己在家庭中的其他角色和位置的想象,更难以培育"反馈模式"中如何做好"子女"以及如何扮演家庭其他角色的道德和情感自觉。我们姑且相信吴谢宇的自述和信件的内容确为其真实心声，那么，他将其母亲"生不如死"的叹息"直男"式地解读为真的想弃世而去，从而因爱母而弑母，痛恨父母的兄弟姐妹和朋友对他们母子俩不管不顾从而在弑母后从他们那里骗取大量金钱，甚至在"借钱"屡试不爽时，也未能感受到这些亲友对他们母子的真诚牵挂和关爱，就恰恰说明在他的家庭中，缺乏"反馈模式"的"身教"，缺乏超越自我主义的多重家庭角色的观摩、想象和扮演经历。吴谢宇身上体现的这种"精致的利己主义"，不只是他个人的尴尬，也是当代很多核心家庭的尴尬，不只是他个人或其父母的责任，更是当代大部分核心家庭的普遍困境使然。在这样的家庭结构中，他们需要做的只是尽情汲取父母养育他们的红利，却未曾有机会去体察和实践"反馈模式"中的"子女"角色。更有甚者，一些子辈从父母对他们的含辛茹苦中，体受到的只是"为人父母"之艰辛，果断地决定不重复父母的老路，从而切断了自己"社会继替"的责任，家庭由此而终结。

四

重申前面的观点：没有几个家庭会出现吴谢宇案的悲剧，因此，这个案件只是一个非常特殊的个案；吴谢宇案也是今天中国一些家庭面对的各种困境的极致化表达，因此，它又具有某种意义。

如何面对这种困境？当然不是简单地在传统家庭与现代家庭之间做出非此即彼的选择，或者重回传统。传统永远回不去，也不值得全盘回归，在个体意识已经勃兴的背景下，很少有人会为了习得"反馈模式"中的不同家庭角色而甘愿承受自我牺牲和复杂家庭关系潜藏的"苦难"。

跳出吴谢宇案来反观吴谢宇案，对我们而言，有三重意义：一是不同时代的家庭有不同性质的纠结；二是当代家庭有其在历史上独特但在当代普遍的纠结，我们就处在这些纠结中；三是我们能做的，是直面这些纠结，积极探索走出纠结的合适道路，期待我们自己也让我们的子孙能够生活在玫瑰色的而非苦难的共同体中。

这正是吴琪和王珊两位记者的工作价值所在。

在关系中,理解时代与人性

李鸿谷(三联生活传媒有限公司总经理、
《三联生活周刊》主编)

用一整本杂志的篇幅,刊发九万多字的长报道——《吴谢宇:人性的深渊》,在《三联生活周刊》复刊的28年历史里,这是第一次,也是这份杂志创造的新的天花板。

吴谢宇,北京大学学生,在中国社会主流意识里,是标准的成功者,但他在大三那年,弃学、弑母、逃亡……

2016年案发,世人震惊,吴谢宇案引发了最广泛的疑问。2023年5月二审判决,一个多月后,我们刊发长报道。这是我们的记者历时七年持续采访、寻找答案的结果。对我们这本杂志,对非虚构写作,我相信,这篇作品都是一个绕不过去的标杆。

回到媒体发展史,我们可以更清晰这一标杆的高度。

1995年,《三联生活周刊》复刊。此前,有两年的时间，这本准备复刊的杂志，在"试运行"。跟正式的杂志一样，周期不固定地出版一本本"试读本"，然后复盘、讨论、重新制定流程……如此空转两年，直到朱伟出任主编，这本名为"周刊"的杂志，终于稳定地进入半月出版的周期，得以连续出版。

为何空转？拉开时间距离看，当年的周刊编辑部，只有一台电脑，全年预算里，并无列支出差经费……更重要的是，周刊的理念、操作与流程等，都在摸索中，各种条件欠缺，没有生产原创内容的能力，无法保证"每周"的内容产出，所以，以空转训练记者、积攒能力。不过，毕竟是一家出版社旗下的杂志，《三联生活周刊》当时订有全球几乎所有的著名新闻杂志。在前互联网时代，这是独特的资源。中外差别，当然包括"信息差"。大量成熟的外国媒体正在迅速增加对中国的报道，这些内容显然可以被重新剪裁、组合、再叙述。在有限的窗口期内，《三联生活周刊》找到了自己的内容生产之道，一直走在前列。

回到历史现场，《三联生活周刊》能够复刊，是当时中国媒体的市场化改革使然。除了大批市场化杂志诞生，更广泛的勃兴，则表现为大批量城市都市报的出现，它们的榜样是《南方周末》。我来《三联生活周刊》之前，参与创办的《武汉晨报》，就是都市报。这样的报纸，面临另一种内容生产困局——本地宣传系统的各种约束，而且地方报纸还很难利用"信息差"。但都市报也找到了内容尤其是原创内容的生产之道——去外地，去无权监管你的其他城市进行报道——这是在中国特殊"地区差"下的机会，它被迅速发现。20世纪90年代的都市报，每天都会有一个整版的外地"独家新闻"特写。

利用"地区差"生产的有关灾害、事件、案件的种种"独家新闻"，看上去略显浮夸，却是中国原创新闻内容真实的起点。在其他城市采访的都市报记者们，从专业内容生产的角度，在"独家新闻"之后，又发展了两个重要的报道理念：**现场、调查性报道**。

现场在哪里？记者是否在场？这是新闻媒体行业的核心问题。都市报将这种对现场的关注和报道提升到重要位置，成为记者的行为指南，这是非常了不起的。调查性报道，是舶来的概念，但它后来甚至成为市场化媒体社会新闻记者最深刻的职业认同。

2001年，《三联生活周刊》真正开始按每周一期的频率出刊，有了电脑，也有了出差经费。此时，我们面临的问题变成了：如何生产自己的原创内容？

谁都是时代的产物，我们同样遵循着"独家新闻（地区差）—现场—调查性报道"这样的原创新闻生产的逻辑。每周二的《三联生活周刊》选题会上，我所领导的社会新闻部同事们，基本上会把行李准备好，一旦确定题目，当即奔赴各个"现场"。周复一周的循环，去一个又一个陌生的现场。你最终能否完成稿件，实则取决于你能不能敲开别人的门。这个职业，在我们同事的亲身经历里，开始摆脱教科书的刻板想象，显现自己的本来面目。去见过无数陌生人之后，我们相信：当事人都有倾诉的愿望。

接下来的问题便是：你能不能找到他？你是不是他选择的倾诉者？

那个年代，我们同事奔波在一个个新闻现场，碰见杂志同行、都市报同行，还有电视新闻栏目的同行……大家彼此交流信息，共同寻找事实。逐渐，《三联生活周刊》开始摸索自己的业务之路。于我而言，我既是这本杂志重要的写作者，又带领社会部团队，我们必须建立自己的新闻方法论：**核心信息源**。

我们相信当事人有倾诉的愿望，那么，哪个当事人最重要？"9·11事件"爆发，社会部业务讨论，我问同事们：如果有机会去采访"9·11事件"，我们最应该采访谁？答案各种，但大家共同遗忘了本·拉登。这是一次非常热烈的讨论，后来大家意识到：采访难度不能约束我们对采访对象重要性的判断，大家必须清晰意识到谁是核心信息源。但是，现实是，新闻越重大，越难以采访到核心信息源，比如吴谢宇案，吴父吴志坚与吴母谢天琴，都已死亡；而唯一的核心信息源吴谢宇在看守所，不可能被采访。

环境证据。

难以采访到核心信息源,这才是新闻报道的常态。但是,吴志坚、谢天琴与他们的"学霸"儿子吴谢宇,并非生活在真空之中,有亲戚朋友、同事邻居,还有同学老师,他们都有各自对吴家人的观察,而且,人在关系中,才可能被描述。所以,更多的时候,寻找环境证据,是我们接近事实最主要的路径。

实践与思考结合,我们发展出自己寻找材料、建立叙述的三要素:**冲突/现场、人物、舞台**。

所有的新闻现场,显现的都是冲突性事实——正如那个最通俗的描述:"人咬狗"——何以发生,是新闻让人关注的内在原因。同样,人们关注新闻,其实是关注新闻背后的人,任何新闻,人,才是主角。而新闻发生于不同的"舞台"——比如城市与乡村不同,不同地域各有传统。对"舞台"差别下的地域因素,记者需要有职业性注意。

《三联生活周刊》原创内容的生产,在快速生长。它的成长,自成一格。一方面,我们的社会部同事奔走在去往各个新闻现场的路上;另一方面,这本杂志过往形成的叙述传统,如何融合新闻操作方法,也一直在探索中。看上去两条平行的线路,在2005年开始探索如何交叉。这年,我们做了五期纪念抗战胜利60周年的"重访历史"的封面报道——记者到一个个抗战的历史现场,以采访实现时空跨越。因为有新闻方法论的介入与加持,这组报道成为《三联生活周刊》发展史上的一个重大标志性事件。那年年初,周刊的发行量尚未超过5万份,到年底,突破11万份,《三联生活周刊》的发展进入快车道。

报道带动杂志突围、发展与跃进,是《三联生活周刊》的逻辑。

2008年,对中国新闻机构有两场考验,一个是我们熟悉的北京奥运会的宣传,另一个是突发的汶川地震报道。从市场化媒体角度观察,经过各自业务成长的杂志、都市报……都未负使命,在新闻内容供应量上,充分满足了受众需求。《三联生活周刊》连续四期封面报道均为汶川地震,大家对现场不再陌生。

现在回过头来看,对所谓的传统媒体来说,汶川地震报道,既是高潮,也是最后的辉煌。稍后,基于PC端的互联网内容平台,创造出有内容自生产能力的微博;再后,完全立足于手机的微信横空出世。互联网尤其是移动互联网大潮来袭,结构开始深刻改变。冲击将至之际,本土新闻原创内容生产发育出一个具有高度共识性的概念:**非虚构写作**。

从调查性报道到非虚构写作,看似概念的潮流演进,但背后包含着一种认识的迭代,非虚构写作,开拓了可以探索更为深远主题的方向。同时,这两个概念的升级与转换,还有另一种意味,调查性报道必须依傍媒体机构的发表，而非虚构写作，写作者更为自由独立，以自己的写作为本，不被机构约束，可以在更广阔的空间里重组资源。从"地区差"发育而来的新闻原创内容，至此，"非虚构写作"带来这个行业自立的机会。当然，概念兴起与流行，如果无法结出灿烂的果实，它自将烟消云散。

可是，非虚构写作，一个刚刚破土而出的小旗帜，以及它所依托的行业，迅速遭遇互联网大潮。挟巨量资本呼啸而来的互联网公司，在制造概念方面，远非传统内容生产行业那么小心翼翼。"互联网是免费的"，在此逻辑之下，那些超级内容平台开始重新安排媒体的生产，"去中心化"是他们的主张，"自媒体"是他们认同的生产单元。于是，新概念降临：**后真相时代、情绪传播/价值**。

按资本的逻辑——需求决定供给，互联网时代，互联网公司的学者们论证并宣扬："真相"不再是"受众"最重要的需求了。什么比"真相"更重要呢？——情绪。你能否形成最大程度的情绪共振？是生存之基。当"自媒体"成为主要的内容生产单元，它既无意识也无能力"敲开别人的门"，更无资源与资本寻找"真相"，只能以最廉价的"情绪"作为替代，包装成"内容产品"。

传统媒体，尤其是市场化媒体，还没有完全长大成型，便迎头碰上似乎不可逆的冲击。那些辛辛苦苦发育出来的原创内容的逻辑，一夜之间，仿佛荡然无存。更多媒体，转换成"互联网思维"，完成内容"血汗工厂"转型——你免费生产互联网内容，互联网公司获得巨额变现流量。

但是，任何聒噪，都逃不脱时间的检验。

2020年，新冠疫情暴发。历经三年时间的疫情，其新闻强度，远远大于当年的汶川地震，但媒体提供的内容，即使单从数量来看，都无法满足受众的需求。

疫情暴发，武汉尚未封城之际，吴琪带领着《三联生活周刊》报道小组，最早进入"现场"，开始每天提供4—7篇深度稿件，迅速引领媒体报道。实践证明，唯事实可以抚慰人心，无论疫区里的武汉与湖北，还是全国其他地区民众。而且，新闻原创内容的生产逻辑没有发生任何变化，传播介质，开始多元，渠道增多。我们文章发表的主渠道，是周刊的微信公众号，以它为龙头，迅速形成传播矩阵，由此完成微信/原创报道—微博/信息服务—中读/内容汇集，结构分明、功能清晰的三阶内容供给链。我们的互联网布局以及基础设施建设，至此完全贯通。微信原创内容带来的激增流量，又反哺纸质杂志的发行，疫情报道，创下了《三联生活周刊》复刊以来的最高销售量，更带动了广告投放，当年增长60%。

内容带动公司跃进。《三联生活周刊》的逻辑再次得到验证。

遗憾的是，较之2008年的汶川地震报道，这一轮疫情报道，我们的同行越来越少，从前记者云集的新闻现场，如今却寥寥无几。虽如此，我们继续前进的步伐，不会停止。

对于《三联生活周刊》，互联网转型与融合，是我们必须跨越的历史关口，但是，如何进入并驾驭互联网快车道，我们要寻找的是它自身的规律，而不是盲从互联网内容公司的概念。互联网逻辑，并没有取消内容生产机构的原创内容，相反，这些内容以及背后的价值观，是极度稀缺的。经此一役，在《三联生活周刊》发展道路上，两个原则被重新确认：**事实至上、公共性为本**。

本土新闻原创的道路，曲折发展至今，如果说非虚构写作是原创内容的一种路标、一种召唤，那么，对《三联生活周刊》这样的内容生产机构来说，它不是一种标榜，而是真实的能力达到——从人际资源积累开始，进入内容生产规律的发现，最终，思想能力的抵达。我们遵循的事实/公共性原则，其内里思想的根本是：求真。这意味着，我们需要面对社会最真实的原生问题，回应时代最深刻的关切，没有前人做过积累供你"再叙述"，你需要从敲开第一个别人的门，到写完最后一个字，来完成你的"再叙述"。

2016年，吴谢宇弑母案案发，一个所有人无法理解的惨烈事实。我的同事由此出发，以果索因，寻找何以至此的答案。这既是记者的好奇心，更是媒体的社会责任。

回到吴谢宇的家庭，这是记者进入前因探寻的开始。经过调查采访发现，在上大学前，家庭在塑造吴谢宇性格上，起到了决定性的作用。按理说，初中或高中那些同学们也应或多或少对他产生一些影响。但是，在初中，母亲是他学校的老师，他无时不在母亲的目光之下；而在高中，作为"做题家"，他远超同学之上的成绩，使他几乎完全摆脱了学校可能的约束，对于一骑绝尘的吴谢宇来说，同学的影响微乎其微。

在吴谢宇与父母的三口之家背后，记者发现：真正重大的家庭因素，来自吴父和吴母各自的原生家庭。记者采集材料之深入，从溯因进入了对复杂家庭史的观察，这是这篇报道能够创造出新的天花板的关键所在。简单说来，我们由果溯因，既受好奇心驱使，也有建立文章框架的推动。但是，我们越深入，会发现无数"因"/事实——真实的人生、艰难的家庭以及无可摆脱的困境……如何处理这种种事实？对此条分缕析、一一归因，可能各个学科更容易提炼概念，建构逻辑，完成推导。但记者不能这样处理真实生活的各种混杂，报道的清晰，是为着呈现存在的混沌与复杂，表达生活本身。所以，在成为一名卓越记者的路上，要理解事实及其背后复杂多歧的原因，更要意识并警惕链环清楚的因果逻辑的诱惑。我们看到这部书稿，有过向诸多专家请教如何理解与解释事实，却没有在文章里出现一个专业性概念，这是了不起的功夫。

家庭之外，大学同样深刻地影响并永久地改变了吴谢宇。大学部分叙述，主要由环境证据构成，跟之前家庭描述那种浓稠的情感重荷不同，面对更残酷的大学竞争，吴谢宇其实可以有多种选择，他的面前是一个已经打开的世界，但做题家吴谢宇没有完成人生蜕变与成长，于是，悲剧发生，吴谢宇走向命运的黑暗深处。

家庭与大学作为"因"，可以帮助我们了解吴谢宇，但是这并不能使我们真正理解弑母之恶——残酷人性。比起众多溯因报道，本期封面，另有材料来源——记者获取了数百页吴谢宇在狱中书写的自述材料，这是这个职业并不多见的幸运时刻。那些我们为着溯因采访收集而来的众多材料，在一般的报道里，并没有机会寻找到当事人解释其"因"，但是，这次我们拥有了吴谢宇通过文字的回应，我们终于可以走近人性的深渊。

至此，记者获取材料之丰富，在我所经历的三联报道历史里，鲜有先例。而且如上所述，材料，绝不等同于简单的采访动作，而是各种大强度智力与精力投入的结果。接下来，更大的挑战来临：如何完成"深刻理解"与"好的叙述"。从我的角度观察，作者"深刻理解"背后，更重要的基底是公允与悲悯，它甚至比写一个好故事更重要也更难得！

于是，在"求真"的道路上，我们已经不再轻信单线条的因果逻辑，而是遵循"多因致果"的认识论。在这个漫长而艰难的跋涉求解过程中,真正的指引,是我们早在中学期间即已学习并记住的马克思著名论断——"人是一切社会关系的总和"。这一论断成为我们最终努力的方向:通过对所有关系的认识,我们抵达"因",理解时代与人性。

杰出的报道,要完成的就是这样的工作。

在来北京之前,激荡我新闻梦想的是诺曼·梅勒的《刽子手之歌》,我向无数人推荐过这本大书。之后,我所推荐的那些卓越的非虚构作品越来越多,但名单上始终没有汉语写作的作品。今天,这种状态已成为过去!

一个时代的伟大,一个行业的了不起,依凭的不是口号,而是杰出的成果与作品。未来,当我们回望这个时代,我相信,吴琪和王珊完成的这部非虚构作品,将是观察、理解这个时代最重要的记录之一。标杆的意义,也在此。